Johanna Andersson ist das Pseudonym der deutschen Autorin Mildred Speet. Sie ist in Stade geboren und aufgewachsen. Heute lebt das Nordlicht im schönem Rheingau. Nach einem Fernstudium mit dem Schwerpunkt der Belletristik schreibt sie für einige Zeitschriften Kurzkrimis und Lovestorys.

SEELEN SCHERBEN

JOHANNA ANDERSSON

Überarbeitete Neuausgabe April 2022

Made in Stuttgart with ♥

SEELENSCHERBEN

ISBN 978-3-98637-794-6
E-Book-ISBN 978-3-98637-561-4
Hörbuch-ISBN 978-3-98637-833-2

Dies ist eine überarbeitete Neuausgabe des bereits 2021 bei Gegenstromschwimmer Verlag erschienenen Titels Der Klang der Toten (ISBN: 978-3-94786-534-5).

Covergestaltung: Buchgewand
Umschlaggestaltung: ARTC.ore Design
Unter Verwendung von Abbildungen von depositphotos.com: © StephanieFrey, © benjaminlion, © shellystill
Korrektorat: Katrin Gönnewig
Satz: dp DIGITAL PUBLISHERS GmbH
Druck und Bindung: Books on Demand GmbH, Norderstedt

KAPITEL 1

Der mit Ulmen gesäumte Jacobiweiher lag ruhig im Licht des Mondes. Stille beherrschte dieses idyllische Fleckchen, nur der Wind ließ die Kronen der Bäume rauschen und vereinzelt war das Quaken der Frösche zu hören, die sich am Rande des Weihers niedergelassen hatten. Auf der anderen Seite des Ufers lag der Gedenkstein an Hans Bernhard Jacobi. Er hatte wichtige Beiträge dafür geleistet, dass der Frankfurter Stadtwald in ein Naherholungsgebiet umgestaltet wurde. Für viele Städter war dies ein Zufluchtsort gewesen. Die Menschen suchten Ruhe und inneren Frieden, die frische Luft zu atmen oder einfach nur die Natur zu genießen, die direkt vor ihrer Tür lag. Emilia stand am Rand des Weihers und fror entsetzlich. Obwohl der Tag sehr sonnig gewesen war, sank die Temperatur in der Nacht um fünfzehn Grad. Ihre Hände umklammerten schützend ihre Oberarme. Sie bereute es, sich nicht eine wärmere Jacke angezogen zu haben. Ihre nackten Knie zitterten. Ein Knacken unterbrach die Stille. Sie wirbelte herum, spähte durch die Dunkelheit, konnte aber nichts erkennen. Ein Tier, das durch das Unterholz schlich, oder ein abgebrochener Ast, der zu Boden gefallen war? Ihr Herz schlug in ihrer Brust wie ein lebendiges Wesen, das ihrem Körper entfliehen wollte. Ihre Adern pulsierten, sie versuchte, ihren Herzschlag wieder unter Kontrolle zu bringen. Ruhig atmete sie ein und aus. Dann herrschte wieder Stille. Sie blickte hinauf zu den Baumkronen, die sich vom Himmel abzeichneten und sanft hin und her schaukelten. Sie wollte nicht hier sein. Sie fühlte sich einsam und verlassen. Abgestellt wie ein Paket. Emilia wollte wieder bei ihm sein, sich wieder in seine starken Armen fallen lassen, so wie es schon immer gewesen war, aber ihr altes Leben und ihre Vergangenheit waren nur noch eine blasse Erinnerung. Dann wieder ein Knacken. Diesmal näher und bedrohlicher als zuvor.

„Hallo? Bist du es?“, fragte sie mit ängstlicher Stimme.

Nur schemenhaft konnte sie eine Gestalt erkennen, die auf sie zukam.

„Wo zum Teufel warst du? Wie kannst du mich an diesen Ort bestellen und das mitten in der Nacht? Das wird dich einiges mehr kosten als üblich.“

Dann ein dumpfer Schlag. Ein markerschütternder Schrei drang aus ihrer Kehle, der mit dem Wind davongetragen wurde.

August Lehmann schaute auf seine Armbanduhr. Es war kurz nach halb acht. Wieder war er zu spät und er wusste bereits jetzt, was ihn erwarten würde. Sein Chef hatte ihn mehrmals ermahnt und August konnte nur hoffen, dass er sich ungesehen in das Polizeipräsidium schleichen konnte. Vor ihm lag der gigantische Betonklotz, der ringsherum mit Fenstern bestückt war. Zwischen den unzähligen Parkplätzen standen vereinzelte Birken, umringt von winzigen Grünflächen. Mit schnellen Schritten drückte er sich durch die Tür, blieb vor den Aufzügen stehen und tippelte ungeduldig mit den Füßen auf den Boden. Es verging eine halbe Ewigkeit und wieder schaute er auf seine Uhr.

„Verdammt. Wo bleibt der nur?“, fragte er ungeduldig.

Er konnte nicht länger warten und darauf hoffen, dass der Aufzug ihn vor einer Standpauke bewahren würde. August nahm die Treppe. Er nahm zwei, drei Stufen auf einmal, ehe er oben angekommen war und seinen Blick hastig durch die Flure rasen ließ. Er war nur noch wenige Meter von den Umkleiden, die am Ende des Flurs lagen, entfernt und hörte das Gemurmel seiner Kollegen und das Klappern von Kaffeetassen. Eilig rannte er los, bis eine raue, tiefe Stimme in sein Ohr drang.

„Herr Lehmann. In mein Büro, sofort.“

Abrupt blieb August stehen, rollte mit den Augen und biss sich auf die Lippe.

„Verdammt“, fluchte er.

Er folgte dem Polizeichef Ludger Sommer in sein Büro. In der Tür verharrte August einen Moment, während Ludger sich in seinen Sessel setzte und das Leder unter seinem Gewicht knirschte. Er faltete seine Hände zu einem Dreieck und berührte dabei seine Nasenspitze. Seine buschigen, grauen Augenbrauen formten sich zu einem zornigen Strich.

„Setzen Sie sich, Herr Lehmann.“

August ging zögerlich auf seinen Chef zu, seine Hände schwitzten. Er würde seinen Job verlieren und das nur, weil er unfähig war, jeden Morgen pünktlich an seinem Arbeitsplatz zu sein. Er ärgerte sich über seine eigene Unzuverlässigkeit, die aber in letzter Zeit einen Grund hatte. Er atmete aus und setzte sich seinem Chef gegenüber. In seinen Augen konnte August die Enttäuschung erkennen.

„Herr Sommer. Ich kann das ...“

Ludger schüttelte den Kopf. Er war nicht bereit, sich wieder eine dieser unzähligen Ausreden anzuhören.

„Herr Lehmann. Sie sind nun bereits zwölf Jahre im Dienst. Sie leisten gute Arbeit. Ihre Kollegen schätzen Sie sehr. Man hat mir zugetragen, dass Sie ein, sagen wir mal, netter Zeitgenosse seien.“

August wusste genau, wovon sein Chef sprach. Die letzte Betriebsfeier, an der Ludger nicht teilnehmen konnte. Seine Frau Margret war an einer Lungenentzündung erkrankt und in einem schlechten Zustand gewesen. August sollte eine Rede halten und hatte sich bereits einige Gläser Whiskey einverleibt und so kam es, dass er auf dem Weg zum Podium gestolpert war und sich dabei einen Schneidezahn ausgeschlagen hatte. Die gesamte Belegschaft war in schallendes Gelächter ausgebrochen, was August gelassen hinnahm. Er war sehr selbstsicher und hatte sich durch den Vorfall nicht aus der Ruhe bringen lassen. Es wunderte ihn dennoch nicht, dass seine Kollegen tratschten und der peinliche Zwischenfall bis zu den Ohren seines Chefs gedrungen war.

„Sie wissen ja sicher, dass Kriminalhauptkommissar Gerhard Berger seinen wohlverdienten Ruhestand antritt.“

„Ja, das ist mir bekannt, aber was hat das mit mir zu tun?“

„Ich habe Sie als seinen Nachfolger empfohlen.“

Augusts Augen weiteten sich, sein Herzschlag beschleunigte sich und seine Hände wurden so nass, dass er sie an seiner Jeans trocken reiben musste. Er spürte, wie seine Wangen glühten, ließ sich aber nichts anmerken. Im ersten Moment dachte er, dass Ludger sich einen Scherz erlaubte, aber je länger er ihm in die Augen blickte, umso klarer wurde ihm, dass Ludger es ernst meinte.

„Sie haben mich empfohlen? Aber ich dachte ..."

„Was dachten Sie? Dass ich Sie heute entlasse wegen Ihrer Unpünktlichkeit, die Sie in letzter Zeit an den Tag legen? Nein. Trotz Ihrer Marotten sind Sie ein hervorragender Polizist und ich möchte Sie hiermit befördern. Sie werden der neue Kriminalhauptkommissar an Friedrich Peters' Seite."

Augusts Lippen zuckten, aber er unterdrückte das Lächeln.

„Ich danke Ihnen für diese Möglichkeit."

Ludger richtete sich auf und reichte August die Hand. „Enttäuschen Sie mich nicht. Ich verlasse mich auf Sie."

Als August das Büro verließ, konnte er sein Glück kaum fassen. Mit geschwellter Brust und erhobenem Kinn stolzierte er den Flur entlang. Nach all den Jahren bei der Kripo und den psychologischen Tests hatte er sein Ziel endlich erreicht. Seit Langem hatte er von diesem Posten geträumt und ihm war bewusst, dass er ein schweres Erbe antreten würde. Kommissar Berger war ein absoluter Profi gewesen. Er hatte sich akribisch in jeden Fall eingearbeitet und ihm war kein Detail entgangen. Nach vielen Jahren Erfahrung war es ihm möglich gewesen, sich in das verdrehte Gehirn eines Mörders hineinzuversetzen. Wie ein Bluthund hatte er tief in den Abgründen der Menschen geschnüffelt, die versucht hatten ihm etwas vorzumachen. August erreichte das Büro seiner Kollegen. Niemand war zu sehen. Er ging in den hinteren Teil und öffnete die Tür zum Büro von Lara Mai, der Sekretärin, und ein tosender Applaus schwappte ihm entgegen, dann ein Gemeinsames: „Überraschung."

Er zuckte kurz zusammen, lehnte sich dann lässig gegen den Türrahmen.

„Vor euch kann man wohl nichts verheimlichen", sagte er mit einem breiten Grinsen. Lara kam auf ihn zu. Sie war eine sehr attraktive Frau. Trotz ihrer ein Meter und achtundsiebzig trug sie stets blutrote High Heels und war so fast immer auf Augenhöhe mit den Männern. Ihr blondes Haar lag locker auf ihren Schultern. Ihre Figur war makellos, ihre Augen waren so dunkel, dass man sich in ihnen nicht spiegeln konnte. Ein blumiger Duft stieg August in die Nase. Nahezu jeder seiner Kollegen versuchte Lara für sich zu gewinnen, doch sie hatte nur Augen für einen Mann. August. Was der aber gekonnt ignorierte. Schließlich war er verheiratet und wollte Lara keinerlei Hoffnungen machen, obwohl ihre Annäherungsversuche von einer Hartnäckigkeit waren, die August dennoch schmeichelten.

„Herzlichen Glückwunsch", hauchte sie in sein Ohr. Ihm fehlten die Worte. Er war dankbar, dass seine Kollegen ihm den Aufstieg gönnten, schließlich war er nicht der Einzige, der diese Beförderung verdient hatte. Doch eine Person blieb im Hintergrund. Kommissar Friedrich Peters. Er war Bergers jahrelanger Weggefährte und nun würde August den Platz seines Freundes einnehmen. Er befürchtete, dass Friedrich ihn als neuen Partner nicht akzeptieren würde. Gerhard und Friedrich waren seit Jahren ein eingespieltes Team gewesen, hatten einander blind vertraut. Friedrich wühlte sich durch die Menge, vorneweg sein üppiger Bauch. Seine grauen Augen musterten August von oben bis unten. Er zweifelte, ob dieses Greenhorn – was nur seine Einschätzung war – ihm und dieser Aufgabe gewachsen war. Er kannte August und wusste, dass er sich nicht immer an die Vorschriften hielt. Er war nach seinem Empfinden zu impulsiv. An Tatorten behielt er ihn im Auge, beobachtete, wie August die Zeugen unter Druck setzte, um so schnell wie möglich Antworten zu bekommen. Seiner Meinung nach fehlte ihm das gewisse Einfühlungsvermögen, das für einen guten Polizisten unabdingbar war. Friedrich streckte ihm die Hand entgegen. Er war einen guten Kopf kleiner als August, aber das minderte nicht im Geringsten den Respekt, der ihm entgegengebracht wurde.

„Ich gratuliere Ihnen, Lehmann. Von jetzt an sind wir Partner. Ich dulde keine Fehler und diesen James-Dean-Look werden Sie im Dienst ablegen."

August verzog keine Miene, nickte lediglich.

„Geht in Ordnung", antwortete er trocken.

Friedrich drehte sich um und ging zu seinem Schreibtisch. August schaute ihm nach und ihm war klar, dass Friedrich ein harter Brocken war, aber davon ließ er sich nicht einschüchtern. Er wusste um seine Fähigkeiten und würde seinem neuen Partner keinen Grund liefern, der ihn unfähig erscheinen ließ. Das Telefon klingelte. Lara schritt mit einem eleganten Hüftschwung in ihr Büro und nahm den Hörer ab. Die anderen Kollegen gratulierten August und schnitten den Kuchen an, den Lara selbst gebacken hatte. Polizeichef Ludger Sommer betrat den Raum und seine Augen verfolgten das rege Treiben.

„Sind wir hier auf dem Schulhof? Zurück an die Arbeit", brüllte er.

Die Gruppe löste sich rasch auf, während Lara mit einem Zettel in der Hand auf August zu kam.

„Spaziergänger haben am Jacobiweiher eine Frauenleiche entdeckt."

August griff nach dem Zettel. So schnell hatte er nicht mit einem Fall gerechnet. Er steuerte Friedrichs Schreibtisch an, blieb abrupt stehen und blickte auf seine Kleidung. Er trug eine Jeans, schwere Boots und ein weißes Shirt, das seine Muskeln ausgezeichnet zur Geltung brachte. Es war keine Zeit mehr, sich umzuziehen.

„Kommissar Peters? Wir haben einen Anruf bekommen. Am Jacobiweiher wurde eine Frauenleiche gefunden."

„Worauf warten wir?", entgegnete er.

Der Parkplatz war so gut wie leer. Die beiden stiegen in einen schwarzen Mercedes. Augusts erster Fall als Kommissar. Er musste diesem Sturkopf zeigen, dass er der Richtige war und es keinen Grund zum Zweifeln gab. Die Augen auf die Straße gerichtet, fuhr Friedrich in Richtung Stadtwald. Der Wagen schlängelte sich durch die Straßen Frankfurts, die inzwischen mit Leben gefüllt waren. Im Stadtteil Sachsenhausen lag der Jacobiweiher. August und Friedrich stiegen aus dem Auto und gingen in Richtung Süden einen befestigten Waldweg entlang, ehe sie den Weiher erreichten. Das Sonnenlicht brach sich in den Kronen der Ulmen, spiegelte sich auf der Oberfläche des Wassers. Es war ruhig an diesem Morgen. Nur ein Specht, der mit seinem kräftigen Schnabel ein Loch in einen Baum hämmerte, war zu hören. Ein Schluchzen drang in Augusts Ohr. Eine ältere Dame saß völlig verzweifelt auf einer Bank, ihr Gesicht war tief in ihre Hände vergraben. Sie war am frühen Morgen in den Stadtwald gekommen, um ihren Hund auszuführen, und dabei beinahe über die Tote gestolpert. Der Anblick der Frauenleiche hatte sie vollkommen verstört. Der Dackel, der neben ihr hockte, jaulte alle paar Sekunden auf.

Die Spurensicherung hatte den Tatort weiträumig abgeriegelt und als die beiden sich dem Ufer des Weihers näherten, konnte August das tote Mädchen sehen. Sie war spärlich bekleidet, nur mit einem roten Oberteil, das ihren Bauchnabel hervorblitzen ließ, und einem schwarzen Minirock, der kaum das obere Drittel ihrer Beine verdeckte. Ihr rechter Fuß steckte in einem roten Pumps, das linke Bein lag unnatürlich verdreht auf dem erdigen Boden. Ihre Haut schimmerte wie zerbrechliches Porzellan. Sein Blick wanderte zum Kopf, der völlig zertrümmert war. Knochensplitter ragten ihm entgegen, die Augenhöhlen waren eingedrückt. Ihr Gesicht glich nicht mehr dem eines Menschen. Das braune Haar, das mit einer schwarzen Schleife zu einem Zopf gebunden war, war blutgetränkt. August war eines sofort klar: Der Täter musste mit einer unglaublichen Gewalt, seinem Opfer den Schädel zerschmettert haben. Er hatte in seiner Laufbahn als Polizist bereits einige Gewaltverbrechen gesehen, aber das war mit Abstand das Abscheulichste. Trotz seiner jahrelangen Erfahrung lief warmer Speichel in seinem Mund zusammen, aber er durfte sich an seinem ersten Tag als

Kommissar nichts anmerken lassen, vor allem nicht vor Friedrich, der wahrscheinlich nur darauf wartete, dass August ein Fehler unterlaufen würde. Friedrich trat an einen Mitarbeiter der Spurensicherung heran, der erstarrt, mit einem Fotoapparat in der Hand, auf die junge Frau blickte. Jan Schreiber war seit zehn Jahren bei der Spurensicherung. Obwohl er vierzig Jahre alt war, wirkte sein Gesicht wie das eines Teenagers. Er trug eine dieser nostalgischen Hornbrillen aus den fünfziger Jahren. Seine Haut war blass und mit kleinen roten Punkten übersät. Mit der Zeit hatte er sich ein dickes Fell zugelegt. Er hatte schon einige Leichen mit schweren Verletzungen gesehen. Stichwunden, Schusswunden, aber in diesem Fall musste er seine Gefühle in den Griff bekommen.

„Gibt es eine Tatwaffe?"

Jan schüttelte den Kopf.

„Wir haben alles weiträumig abgesperrt und abgesucht, aber bis jetzt ist keine Tatwaffe aufgetaucht. Vielleicht hat der Täter die Waffe im Weiher versenkt. Selbst wenn wir sie finden würden, das Wasser wird jede Spur vernichtet haben. Alles, was wir gefunden haben, ist die Handtasche des Opfers."

Friedrich wandte sich August zu.

„Sprechen Sie mit der Frau, die die Leiche entdeckt hat."

„In Ordnung." Friedrich blickte ihm hinterher. Er hoffte inständig, dass August ein wenig Feingefühl an den Tag legen würde. Das Schluchzen der alten Dame nahm kein Ende, August befürchtete, dass sie einen Nervenzusammenbruch erleiden könnte, er musste behutsam vorgehen.

„Ich bin Kommissar August Lehmann. Sind Sie in der Lage, mir ein paar Fragen zu beantworten?“, fragte August einfühlsam.

Die alte Dame hob ihren Kopf, starrte August in seine blauen Augen. Ihr Gesicht lag in tiefen Falten, die Hände, die mit Altersflecken übersät waren, zitterten. Ihre wässrig grauen Augen strahlten eine unglaubliche Traurigkeit aus.

„Ich ... ich werde es versuchen.“

„Wie ist Ihr Name?“

„Annemarie Krüger.“

„Und Sie haben die Tote entdeckt?“

Annemarie nickte.

„Ich komme jeden Morgen mit meinem Hund in den Stadtwald. Wissen Sie, wir beide sind schon sehr alt und die frische Luft tut uns gut. Wir wollten ein Stückchen am Weiher entlanggehen und da hat mein Mäxchen geknurrt. Mir war ganz mulmig, weil er sonst nie knurrt. Und dann ... und dann habe ich das Mädchen gesehen. Sie lag einfach da und da war so viel Blut. Ich dachte, ich bekomme einen Herzinfarkt. Ich habe sofort die Polizei gerufen.“

„Haben Sie jemanden gesehen? Oder etwas gehört?“

Annemarie schüttelte den Kopf.

„Nein, hier war niemand und gehört habe ich auch nichts. Am Weiher ist es morgens immer ruhig.“

„Vielen Dank, Frau Krüger.“

August ging zurück.

„Die Frau hat nichts Verdächtiges gesehen oder gehört.“

Friedrich fuhr sich über seine Glatze.

„In der Tasche des Opfers lag ein Personalausweis. Emilia Schwarz. Einundzwanzig Jahre alt. Sie wohnt in Ginnheim."

August wusste nur zu gut über den Stadtteil Bescheid. Eine Plattenbausiedlung, in der Drogendealer Kinder ohne Perspektive für sich arbeiten ließen. Händeringend wurden Sozialarbeiter gesucht, um das Problem in den Griff zu bekommen, aber es gab einfach nicht genug Personal und so wurden die Kinder sich selbst überlassen. Gerieten immer mehr auf die schiefe Bahn und ihre Zukunft war zum Scheitern verurteilt.

„Wir sollten uns auf den Weg machen", sagte Friedrich.

Kurz darauf erreichten sie Ginnheim. Schnell hochgezogene Betonwände, die Platz für viele Menschen bieten sollten. Die Straßen führten vorbei an monoton aneinandergereihten Mietshäusern, zwischen denen sich Parkplätze und trostlose Rasenflächen abwechselten. Ungepflegte und verdreckte Fassaden bestimmten das Bild. Vor einem der Betonblöcke parkte Friedrich den Wagen. Die Briefkästen, die an der Mauer befestigt waren, zeigten deutliche Beulen auf. Verzogene Schlösser und abgerissene Namensschilder, doch eines war noch unberührt. Das der Familie Schwarz. Friedrich drückte die Klingel. Kaum war das harte Kreischen verstummt, versammelten sich neugierige Nachbarn an ihren Fenstern. August konnte ein Fingerpaar erkennen, das die Jalousien herunterdrückte, und aufmerksame Augen, die die beiden genau inspizierten. Der Summer ertönte und August stieß die Tür auf. Im Inneren des Gebäudes wurde das Bild nicht besser. Ein Sofa, das eindeutig in Brand gesteckt worden war, stand mitten im

Flur. Es roch nach Urin und Fäkalien. Bei jedem Schritt klebten Augusts Schuhe am Boden.

„Das ist ja ekelhaft“, sagte er mit einem angewiderten Gesicht. August und Friedrich nahmen die Treppe in den zweiten Stock.

„Was um Himmels willen geht in diesem Haus vor?“

Friedrich zuckte mit den Schultern.

„Reine Zerstörungswut und Vermieter, die ihre Häuser einfach verkommen lassen. Eine Schande.“

In der Tür stand eine kleine, rundliche Frau in einem altmodischen Haushaltskittel. Ihr Bauch drohte die Knöpfe zu sprengen. Mit misstrauischen Augen musterte sie die Kommissare.

„Ja? Was wollen Sie?“, grummelte sie.

„Kripo Frankfurt. Ich bin Kommissar Friedrich Peters, das ist mein Kollege August Lehmann. Sind Sie die Mutter von Emilia Schwarz?“

„Ja, ich bin Magda Schwarz. Was hat das Luder jetzt wieder angestellt?“, fragte sie völlig gleichgültig.

„Frau Schwarz. Wir müssen Ihnen leider mitteilen, dass ihre Tochter heute Morgen tot am Jacobiweiher aufgefunden wurde.“

Ihre wulstige Hand klammerte sich am Türrahmen fest, sie blickte zu Boden, sagte aber kein Wort. Sie schnaufte, dabei drang ein Pfeifen aus ihrer Kehle.

„Kommen Sie herein.“

In gebückter Haltung schlurfte sie durch den Flur und die Kommissare folgten ihr. Der Gestank von kaltem Zigarettenqualm und Ammoniak stieg ihnen in die Nase. Irgendwo in diesen maroden Wänden musste eine Katze sein, die wahrscheinlich die gesamte Wohnung als Klo benutzte. Die Wohnung war dunkel.

Obwohl die Sonne hoch am Himmel stand, waren alle Jalousien heruntergezogen. Die einzige Lichtquelle war das Flackern des alten Röhrenfernsehers. Vor dem Bildschirm saß ein Mann im Rollstuhl, der seinen Kopf zur Seite gedreht hatte, um näher an den Boxen zu sein. Er bemerkte nicht, dass Friedrich und August den Raum betraten.

„Setzen Sie sich", sagte sie. Sie sahen sich in dem finsteren Raum um, aber weder August noch Friedrich wollte sich auf dem abgewetzten Sofa niederlassen. Magda ließ sich auf das Sofa plumpsen und stöhnte angestrengt auf. Sie beugte sich nach vorne und unterhalb ihres Nackens bildete sich ein auffälliger Buckel.

„Es wäre von Vorteil, wenn wir ein Licht einschalten könnten", sagte August.

Magda deutete auf den Lichtschalter neben dem altmodischen Wohnzimmerschrank aus den siebziger Jahren. August betätigte den Schalter und fühlte etwas Schmieriges auf seinen Fingern. Als das Licht den Raum erhellte, konnten August und Friedrich das Ausmaß des Chaos deutlich sehen. Der Staub lag fingerdick auf den Möbeln. Der Wohnzimmertisch war genau wie der Schrank aus den siebziger Jahren. Einige Kacheln, die mit einem Blumenmuster verziert waren, waren zerbrochen. Zwischen den Fugen sammelten sich Tabak und Essensreste. Magda drehte sich eine Zigarette, zündete sie an und inhalierte tief den blauen Dunst. Ein rauer Husten drang aus ihrer Kehle. August musterte Magda ganz genau. Er konnte sich lebhaft vorstellen, unter welchen Umständen die junge Frau gelebt haben musste. Das Ehepaar vegetierte in seiner Wohnung dahin und hatte offensichtlich keinen Kontakt zur

Außenwelt. Wahrscheinlich war Emilia aus diesem Haushalt aus gutem Grund geflohen.

„Versteht die Frau, was wir ihr gesagt haben?“, fragte August mit Nachdruck. Friedrich stemmte seine Hände in die Hüften und ließ seinen Blick durch den Raum schweifen. Dabei konnte er erkennen, dass der Mann, der im Rollstuhl vor dem Fernseher saß, keine Beine mehr hatte. Blutige Stumpen ragten ein wenig über die Sitzfläche, die Verbände stümperhaft gewechselt.

„Ich bin mir nicht sicher, ob diese Menschen überhaupt noch etwas vom Leben mitbekommen. Sehen Sie sich den Mann an. Was ist da passiert?“, flüsterte Friedrich. August schüttelte den Kopf, er erhob seine Stimme.

„Frau Schwarz? Haben Sie verstanden? Wir haben Ihre Tochter tot aufgefunden.“

Der Mann im Rollstuhl drückte die Knöpfe an der Fernbedienung. Die Boxen knisterten und ein Höllenlärm erschütterte die stickige Luft. August trat auf den Mann zu und entriss ihm die Fernbedienung. Der Mann protestierte.

„Wer sind Sie? Was haben Sie in meiner Wohnung verloren?“

Er hatte nicht einmal bemerkt, dass die Polizei in seinen eigenen vier Wänden war. Seine Augen waren ruhelos, die Haut aschfahl. Durch die wenigen Haare auf seinem Kopf schimmerten offene Wunden, die zum Teil verkrustet waren.

„Das sind die Bullen“, brüllte Magda.

August schaltete den Fernseher aus und atmete tief aus. Noch nie zuvor hatte er eine derartige Gleichgültigkeit erlebt.

„Was ist mit ihr passiert?", fragte Magda schließlich ungerührt. Dabei war ihr Blick starr auf den Tisch gerichtet.

„Ihre Tochter wurde offenbar letzte Nacht erschlagen", erwiderte Friedrich.

Ein verächtliches Lachen.

„Bestimmt einer ihrer Freier."

„Sie war schon immer ein Flittchen", schrie der Mann im Rollstuhl.

„Sind Sie Emilias Vater?", fragte Friedrich. Der Mann winkte ab.

„Er ist ihr Stiefvater", warf Magda ein. „Sie haben sich nicht gut verstanden. Irgendwann ist sie weggelaufen. Sie sagte immer wieder, dass sie es hier nicht aushalten würde. Undankbares Gör", keifte sie.

„Und was ist mit ihrem Mann passiert? Ein Unfall?", fragte Friedrich. Dabei dachte er eher an ein Raucherbein oder Diabetes als an einen Unfall.

„Er ist besoffen auf die Gleise gefallen. Dann kam der Zug und weg waren die Beine."

August blickte zu Magda, er wollte verstehen, warum eine Mutter auf den Tod ihres Kindes so kalt reagierte. Emilia war offensichtlich eine Prostituierte gewesen. Aber warum hatte sie diesen Weg eingeschlagen? Es musste noch einen anderen Grund geben. Allein das Desinteresse der Eltern reichte nicht aus, um seinen eigenen Körper zu verkaufen. Dann setzte August sich doch auf das heruntergekommene Sofa. Er musste an Informationen kommen und wenn er dabei Aufmerksamkeit vortäuschen musste. Genau auf diese Situation hatte Friedrich gewartet. Um herauszufinden, was geschehen war, brauchte ein guter Kommissar Geduld und Empathie. Er hoffte, dass August sein impulsives Verhalten in den Griff bekommen würde.

„Wann haben Sie Emilia das letzte Mal gesehen? Wir müssen herausfinden, wer ihrer Tochter das angetan hat."

Und plötzlich brach Magda in Tränen aus.

„Vor sechs Monaten. Sie hat einfach ihre Sachen gepackt und ist zu ihrem Freund."

„Ihr Freund?"

„Ja. Linus Opitz. Er wohnt gleich nebenan."

„Sie haben angedeutet, dass sie eine Prostituierte war."

Der Rotz lief aus ihrer Nase, mit dem Handrücken wischte sie ihn weg und atmete dabei tief ein.

„Linus war bei uns. Er sagte mir, dass Emilia ihren Körper verkauft, für Geld. Ich wollte ihm nicht glauben, aber als sie das letzte Mal hier war, trug sie teure Kleider und Schmuck. Was sollte ich da denken? Ich weiß nicht, mit wem sie Kontakt hatte. Ich habe keine Ahnung, wer ihr das angetan hat."

August drehte seinen Kopf. Der Mann im Rollstuhl starrte weiter auf die Mattscheibe, dass der Fernseher nicht mehr eingeschaltet war, störte ihn nicht weiter.

„Wir sollten mit Linus Opitz sprechen. Er kann uns vielleicht mehr sagen."

Friedrich nickte. Als sie die Wohnung verließen, atmete August erleichtert auf.

„Was um alles in der Welt muss passieren, dass das Leben so aus den Fugen gerät?"

„Dafür gibt es Tausende von Gründen. Du weißt nicht, was die Eltern erlebt haben. Menschen mit einer schlimmen Vergangenheit wissen es nicht besser. Sie geben die Gefühle, die sie hegen, weiter und bemerken ihre Fehler nicht."

August zog überrascht die Augenbrauen nach oben.

„Duzen wir uns jetzt?"

„Sieht ganz so aus", antwortete Friedrich mit einem verschmitzten Lächeln. Das Eis war gebrochen und August war davon überzeugt, dass sie ein gutes Team werden würden.

„Gut, dann sprechen wir mit diesem Linus Opitz."

Es dämmerte bereits, als sie ins Freie traten. Die Straßen waren wie leer gefegt. Nur vereinzelt lungerten Jugendliche in den finsteren Ecken und bewachten ihr Revier. Der Wind trug eine süßlich duftende Wolke in die Richtung der Kommissare.

„Ich kenne diesen Geruch."

„Wer kennt den nicht", erwiderte Friedrich.

„Wir sollten mit den Kids sprechen."

Friedrich stieß ein spitzes Lachen aus.

„Glaubst du wirklich, das würde etwas nützen? Sobald wir ihnen das Gras abnehmen, haben sie zehn Minuten später dieselbe Menge in ihrer Tasche. Ich habe das schon zu oft erlebt."

Direkt nebenan stand der nächste trostlose Betonblock. Friedrich drückte die Klingel. Eine zornige Stimme dröhnte aus der Gegensprechanlage.

„Ja?"

„Polizei. Bitte öffnen Sie die Tür."

Der Summer ertönte. Im ersten Stock stand ein junger Mann auf der Türschwelle, die Arme vor der Brust verschränkt. Er hob sein Kinn.

„Was wollen Sie?"

„Kommissar Friedrich Peters, das ist mein Kollege August Lehmann. Es geht um ihre Freundin Emilia Schwarz. Dürfen wir eintreten?“

Linus gab den Weg frei. Er ging in die Küche, öffnete den Kühlschrank und griff nach einer Flasche Bier. Er war schmächtig, seine Oberarme waren dünn und wirkten so zerbrechlich wie ein morscher Ast. Als er einen Schluck aus der Flasche nahm, bleckten gelbe Zähne hervor, die zudem noch mit schwarzen Flecken behaftet waren. Sein kurzes, fettiges, blondiertes Haar wirkte wie vertrocknetes Stroh.

„Also, was wollen Sie von mir?“

August deutete auf einen Stuhl und forderte den jungen Mann auf, sich zu setzen. Dieser verzog jedoch den Mund und schüttelte den Kopf.

„Nein, ich stehe lieber.“

„Ihre Freundin Emilia Schwarz wurde heute Morgen tot aufgefunden.“

August konnte sehen, wie das Blut aus Linus’ Gesicht wich. Die Hand, in der er die Flasche Bier hielt, zitterte so heftig, dass sie zu Boden fiel und auf den Fliesen zerbrach. Sein Atem ging heftig und stoßweise.

„Nein. Nein, nein, nein. Das kann nicht sein. Sie müssen sich irren. Nicht meine Emilia.“

August drückte Linus auf den Stuhl und spürte, wie dessen Körper bebte.

„Es tut uns leid, aber wir müssen herausfinden, wer sie ermordet hat.“

„Ermordet?“, fragte Linus mit weit aufgerissenen Augen.

„Wir haben sie am Jacobiweiher gefunden. Jemand hat ihr den Schädel eingeschlagen.“

Ruckartig drehte er sich um und erbrach sich im Spülbecken, dann sackte er unter Tränen zusammen. Er wimmerte.

„Das ist doch ein Albtraum. Bitte sagen Sie mir, dass das nicht wahr ist. Ich habe sie geliebt, sie war der wichtigste Mensch in meinem Leben."

August hob Linus hoch und bemerkte, dass der junge Mann ein Fliegengewicht war. Er hievte ihn auf den Stuhl.

„Wann haben Sie Ihre Freundin das letzte Mal gesehen?", fragte August.

„Vor ein paar Tagen. Sie war hier, um sich endgültig von mir zu trennen. Sie war die ganze Zeit bei diesem schmierigen Typen."

„Welcher Typ?"

„Leopold Moll. Er ist der Besitzer vom Golden Palace. Das ist ein Bordell."

August nickte.

„Der Name ist mir bekannt. Sie wussten also, dass sie eine Prostituierte war?"

„Ja. Wissen Sie, vor sechs Monaten ist sie zu mir gezogen. Sie war schwanger."

August spitzte die Ohren.

„Was ist passiert?"

Tränen liefen Linus' Wangen hinunter. Er legte seine Hand auf die Stirn und schluchzte.

„Wir hatten Streit. Ich war ihr einfach zu gewöhnlich. Sie wollte mehr vom Leben. Geld, eine schöne Wohnung, teure Kleider, die Welt sehen. Das Kind wollte sie nicht. Sie wollte es abtreiben lassen. Sie sagte immer, dass sie zu jung sei, um jetzt schon ein Kind zu bekommen. Der Streit ist eskaliert und ich habe sie gestoßen.

Sie ist unglücklich gestürzt und hat dabei das Kind verloren, aber Sie müssen mir glauben, ich wollte das doch nicht, ich wollte ihr nie wehtun, ich wollte eine Familie mit ihr gründen. Dann hat sie diesen Moll kennengelernt und sagte mir, dass sie sich in ihn verliebt habe. Er hat ihr all das geboten, was ich nicht konnte. Aber sie musste dafür in seinem Bordell arbeiten."

Augusts Gedanken ratterten wie ein Uhrwerk. Emilia musste sehr naiv gewesen sein. Er kannte Leopold Moll. Ein braungebrannter, gewiefter Geschäftsmann, mit Geld und teuren Autos. Er hatte ein Talent dafür, junge, hübsche Mädchen um den Finger zu wickeln und sie zu seinen Marionetten zu machen. Er gab ihnen alles, was sie sich wünschten, aber dafür verlangte er eine Gegenleistung.

„Wie ging es weiter?"

„Gar nicht. Ich habe sie nicht davon abgehalten, mich zu verlassen."

Dann formte sich sein Gesicht zu einer zornigen Fratze.

„Er war es. Moll hat meine Emilia ermordet. Sie müssen ihn festnehmen."

„Das werden wir herausfinden. Bleiben Sie erreichbar, falls wir noch weitere Fragen haben."

Die Kommissare verließen die Wohnung. Friedrich griff in seine Tasche, holte ein weißes Stofftaschentuch hervor und tupfte seine Stirn ab.

„Das ist harter Tobak. Dieser Moll hat sich nie etwas zuschulden kommen lassen. Hatte stets eine weiße Weste. Wir müssen mit ihm sprechen."

August nickte zustimmend.

„Das sollten wir unbedingt."

KAPITEL 2

Luise gab dem Einkaufswagen einen Tritt, sodass er in die bereits stehenden Wagen krachte. Dabei ignorierte sie den Euro, der noch im Schlitz steckte und marschierte zu ihrem roten Ford. Sie öffnete den Kofferraum und warf die Einkaufstüten hinein. Dann setzte sie sich auf den Rand, vergrub das Gesicht in ihre Hände und weinte bitterlich. Es war ihre Schuld. Sie hatte alles zerstört, was sie geliebt hatte. Ein Mann kam auf Luise zu. Sein breitbeiniger Gang war fest und entschlossen. Seine Arme ragten ungewöhnlich weit von seinem Oberkörper weg.

„Luise", rief er.

Sie hob ihren Kopf, wischte sich die Tränen aus dem Gesicht und richtete sich auf. Dann knirschte sie mit den Zähnen und zog die Mundwinkel demonstrativ nach unten. Dabei sah sie sich hastig um. Niemand durfte sie mit Oliver sehen, die Schande, die sie verursacht hatte, war zu beschämend.

„Verschwinde. Lass mich gefälligst in Ruhe", zischte sie.

„Du kannst mich nicht einfach von dir wegstoßen. Zwischen uns ist mehr, das spüre ich und ich weiß, dass du genauso empfindest."

Luise stieß ein verächtliches Lachen aus.

„Ich empfinde rein gar nichts für dich. Es war nur Sex und er hat mir absolut nichts bedeutet. Es war ein Moment der Schwäche."

Oliver stemmte seine Hände in die Hüften und schüttelte den Kopf.

„*Rein gar nichts*? Und das drei Mal?“, brüllte er.

Wieder schaute sich Luise um. Sie wurden bereits von neugierigen Blicken beobachtet.

„Drehst du jetzt total durch? Hör auf, hier herumzuschreien. Es ist vorbei. Wir werden uns nicht mehr sehen, kapier das endlich“, fügte sie energisch hinzu.

Luise drehte sich um, knallte die Klappe des Kofferraums zu.

„Er will dich nicht mehr. Du hast es mir selbst gesagt. Er hat dich verstoßen, dein geliebter Polizist“, sagte Oliver mit einer gewissen Schadenfreude in seiner Stimme. Luise biss sich auf die Lippe. Sie spürte ein Brennen in ihrer Brust, das langsam ihren Hals hinaufkroch. Sie schnaufte.

„Ich werde alles dafür tun, damit August mir verzeiht“, flüsterte sie. Mit weichen Knien stieg sie in den Wagen und fuhr mit quietschenden Reifen davon.

Luises Körper erschlaffte. Schwach umklammerten ihre Hände das Lenkrad. Immer wieder brach sie in Tränen aus. Nur noch schemenhaft konnte sie die Straße erkennen. Ein kleiner Moment der Unachtsamkeit und es gab einen lauten Knall. Der Aufprall schleuderte ihren Kopf nach vorne, der Airbag öffnete sich und Luises Körper wurde zurück in den Sitz katapultiert. Benommen stöhnte sie. Alles drehte sich. Sie konnte nur noch Umrisse ihrer Umwelt wahrnehmen. Ihre Hand tastete nach der Tür. Als sie endlich die Fahrertür geöffnet hatte, erbrach sie sich auf den Asphalt. Ein Dröhnen kroch in ihr Ohr, laut und lauter.

„Sind Sie blind?“, brüllte eine männliche Stimme. Luise richtete sich auf, wischte sich den Mund ab. Etwas Saures lag auf ihrer Zunge.

„Haben Sie mich verstanden?“

Dabei ignorierte der Fremde, dass Luise in einem schlechten Zustand war. Immer wieder blickte er auf seinen Mercedes, schlug die Hände über dem Kopf zusammen und jammerte wie ein kleines Kind. Luise stieg mit wackligen Beinen aus dem Wagen und sah sich das Unglück an, das sie verursacht hatte.

„Es tut mir wirklich leid. Ich habe Sie wohl übersehen“, flüsterte sie mit rauer Kehle. Der Fremde trug einen schwarzen Anzug, mit einer taubenblauen Krawatte und spitz zulaufende Lackschuhe, die so groß waren, dass man unweigerlich an Clown-Schuhe denken musste. Seine wenigen Haare waren akkurat auf eine Seite gekämmt, um eine vermeintliche Glatze zu verdecken. Seine Stirn glänzte wie eine Speckschwarte.

„Ich habe gleich einen wichtigen Termin. Wie in Gottes Namen soll ich den jetzt noch einhalten? Ich rufe die Polizei.“

Luise atmete schwer, ließ sich zurück auf den Autositz fallen und sah dem Clown dabei zu, wie er sein Smartphone zückte und die Polizei rief.

KAPITEL 3

August lehnte sich gegen seinen Schreibtisch, während Friedrich mit einigen Papieren auf ihn zukam.

„Ich habe alles über Leopold Moll zusammengesucht. Morgen werden wir ihn befragen und herausfinden, was eines seiner Mädchen mitten in der Nacht am Jacobiweiher zu suchen hatte."

Gerade nahm August die Papiere an sich, als sich einer seiner Kollegen der Streife eilig und mit gesenktem Kopf näherte. Ein junger Mann, der gerade von der Polizeischule kam. Die Uniform war ihm etwas zu groß, denn die Hose schlackerte an seinen dünnen Beinen.

„Kommissar August Lehmann?", fragte er beinahe eingeschüchtert.

„Ja, der bin ich."

„Bitte entschuldigen Sie, aber Ihre Frau ist in einen Autounfall verwickelt. Sie hat gerade angerufen und nach Ihnen verlangt."

Ein Stromschlag durchzuckte seinen Körper.

„Was ist passiert?", fragte August mit Nachdruck.

„Ich ... ich weiß es nicht."

„Wo?"

„In der Kleyerstraße."

„Tut mir leid, Friedrich, aber ich muss wissen, ob es meiner Frau gut geht."

„Ja, natürlich. Wir sehen uns morgen."

Rasch verließ August das Büro und setzte sich in den Wagen. Er fuhr schneller als erlaubt, ständig von dem Gedanken begleitet, dass seiner Frau etwas zugestoßen sein könnte. Unweigerlich musste er an das Unglück seiner Eltern denken, die bei einem schweren Verkehrsunfall ihr Leben gelassen hatten. Die Autos in der Innenstadt drängelten sich dicht aneinander, beinahe Stoßstange an Stoßstange. Eine gefühlte Ewigkeit später erreichte August die Kleyerstraße. Er stellte seinen Wagen an den Straßenrand und lief auf die Unfallstelle zu. Er sah die Menschen, die in ihren Autos ungeduldig darauf warteten, weiterzufahren. Rollende Augen und gekräuselte Münder. Er sah Luise, die zitternd ihre Arme um ihren Oberkörper schlang.

„Luise?“

Sie drehte sich mit wachen Augen um und lief auf August zu. Sie klammerte sich an ihn, doch August war nicht in Lage, ihre Berührung zu erwidern. Sanft, dennoch bestimmt, drückte er sie von sich weg. Ihre Berührungen waren ihm zuwider.

„Was ist passiert?“, fragte er und konnte ihr dabei nicht in die Augen sehen.

„Ich ... ich war für einen Moment unachtsam und dann ist es auch schon geschehen.“

„Setz dich in den Wagen. Ich regle das.“

Ohne sie weiter anzusehen, ging August auf seine Kollegen zu und beobachtete währenddessen den aufgebrachten Mann, der nervös auf und ab lief. Schweiß stand auf seiner Stirn, den er immer wieder mit einem Stofftaschentuch abtupfte.

„Kann ich jetzt endlich weiterfahren?“, fragte er angespannt. August sah sich die Wagen an. Es war nur ein kleiner Blechschaden. Sein Kollege von der Streife wandte sich an August.

„Nur ein Auffahrunfall. Die Versicherung deiner Frau wird das regeln.“

Der Kollege blickte August über die Schulter, sah zu Luise herüber.

„Vielleicht solltest du deine Frau nach Hause bringen. Sie scheint mir doch ziemlich durcheinander."

August nickte. Der Fahrer des beschädigten Wagens stieg erleichtert ein und fuhr davon. Luise blickte auf ihren Mann. In ihrem Gesicht war deutlich die Schuld zu erkennen.

„Steig ein."

„Und was ist mit meinem Wagen?"

„Ich lasse ihn abholen. Jetzt steig ein", sagte August streng. Die gesamte Fahrt über würdigte August seine Frau keines Blickes. Stumm saßen sie nebeneinander und Luise quälte Augusts Kälte. Die Dunkelheit brach langsam herein, als sie das Haus erreichten. August parkte den Wagen, schaltete den Motor aus und blieb sitzen. Er rieb sich die Stirn.

„Geh ins Haus. Ich komme nach."

Luise stieg aus, blickte traurig zu ihrem Mann. August war der Situation überdrüssig. Er hatte einen Punkt erreicht, an dem es für ihn kein Zurück mehr gab. Noch in Gedanken versunken, zuckte er zusammen, als die Nachbarin gegen die Scheibe klopfte. Er atmete tief und stieg aus dem Wagen.

„Frau Albrecht. Was gibt es denn?", fragte er entnervt. Diese neugierige Klatschbase konnte es einfach nicht lassen. Ständig beobachtete sie die gesamte Nachbarschaft. Lehnte sich bei offenem Fenster nach draußen, um alles genau zu inspizieren.

„Herr Lehmann, bitte entschuldigen Sie. Sie wissen ja, dass ich nicht gerne tratsche, aber Sie sollten etwas wissen."

In seinem Inneren schmunzelte August. Diese Frau dachte doch tatsächlich, dass sie ein gutes Werk vollbringen würde.

„Was gibt es denn, Frau Albrecht?“, fragte er mit einem falschen Grinsen.

„Auf dem Parkplatz vor dem Supermarkt habe ich Ihre Frau gesehen. Sie war nicht allein.“

August presste seine Kiefer zusammen und versuchte, dabei ganz ruhig zu erscheinen.

„Wer war bei ihr?“

„Ein ziemlich kräftig gebauter Mann. Anscheinend haben sie gestritten, aber ich will natürlich nichts Schlechtes über Ihre Frau sagen.“

Ohne ein weiteres Wort ließ er seine Nachbarin stehen, lief zum Haus und legte seine Hand an die Klinke. Er zögerte. Alles in ihm wehrte sich und doch betrat er sein Heim. Luise stand in der Küche, lehnte sich gegen die Arbeitsplatte, kaute nervös an ihrem Fingernagel. August stemmte seine Hände in die Hüften.

„Was ist heute passiert? Wie kam es zu dem Unfall?“

„Ich ... ich war so durcheinander.“

„Warum?“

„Unseretwegen. Wie es weitergeht. Ob du mir jemals verzeihst.“

August entwich ein humorloses Lachen.

„Wo warst du vor dem Unfall?“

Er konnte es in ihren Augen sehen, wie sie krampfhaft nach einer Ausrede suchte.

„Du warst wieder bei ihm, nicht wahr?“

„Nein ... nein, ich war nicht bei ihm. Er ist mir gefolgt und hat mich auf dem Parkplatz abgefangen. Er wollte, dass ich zu ihm ...“

„Du widerst mich an. Es reicht dir nicht, dass du mich hintergangen hast. Jetzt kommt sogar die Nachbarin auf mich zu, um mir dein schmutziges Geheimnis mitzuteilen."

Luises Unterlippe zuckte, Tränen sammelten sich in ihren Augen, die August dennoch kaltließen.

„Hast du deswegen den Unfall gebaut? Weil du in Gedanken bei diesem widerlichen Kerl warst?"

„Nein, nein. Ich habe an dich gedacht. Ich will, dass es wieder so wird wie früher", flehte Luise.

„Es wird nie wieder so sein. Du hast alles zerstört."

Luises Tränen wichen einer wütenden Fratze.

„Du hast mir die Schuld am Tod deiner Eltern gegeben. Du hast mich verstoßen. Hast mich nicht mehr berührt, mich nicht mehr angesehen. Und das über Monate. Ich habe mich so einsam gefühlt, so allein."

August ballte die Faust und schlug auf den Türrahmen ein.

„UND DESWEGEN BETRÜGST DU MICH?"

Luise zuckte zusammen.

„Ja. Genau deswegen habe ich dich betrogen. Du kannst dir nicht vorstellen, wie das ist, mit diesen Schuldgefühlen leben zu müssen. Kein Tag vergeht, an dem ich nicht an deine Eltern denke. Ich sehe ihre Gesichter, ihren Schmerz und es lässt mich verzweifeln. Ich denke an den Tod und was für eine Erlösung es wäre, endlich zu sterben, damit ich diese Gefühle nicht mehr ertragen muss."

Die Worte seiner Frau versetzten ihm einen Stich ins Herz. Er sah sie an und sah die Vergangenheit. Seit über zehn Jahren waren sie verheiratet. Luise war die Liebe seines Lebens. Alles schien perfekt, bis zu dem Tag, als dieser schreckliche Autounfall geschah. Dieses Ereignis hatte alles verändert, hatte August verändert. Ein Teil seiner Seele war mit seinen Eltern gestorben. Ihm war bewusst, dass er Luise die Schuld gab. Luise wartete auf eine Reaktion, doch Augusts Kälte ließ sie erzittern. Sie stürmte aus der Küche und flüchtete ins Schlafzimmer. August dachte nicht daran, ihr zu folgen. Er blieb einfach stehen und in diesem Moment wurde ihm klar, dass er für seine Frau keine Liebe mehr empfand. Ihr Betrug hatte alles zerstört.

KAPITEL 4

Die Sonnenstrahlen suchten sich ihren Weg durch die dichten Wolken. Die Luft war feucht und roch nach Regen. Erich Lehmann kniete tief in der Erde seines Beetes, das direkt unter dem Küchenfenster lag. Behutsam schaufelte er ein Loch und setzte vorsichtig die Begonien ein, immer unter den strengen Augen seiner Frau Alma. Sie öffnete das Fenster und mit Argusaugen verfolgte sie die Arbeit ihres Mannes.

„Brauchst du noch lange, Schatz? Denk an unseren Ausflug."

Erich fühlte die tiefschwarze Erde zwischen seinen Fingern. Durch den Geruch fühlte er sich lebendig. Er liebte es, Pflanzen gedeihen und wachsen zu sehen.

„Einen Moment noch. Ich möchte alles fertig haben, bevor es anfängt zu regnen."

Alma rollte mit den Augen. Sie wusste um den Perfektionismus ihres Mannes, der zuweilen an ihren Nerven zerrte.

Müde und mit zerzaustem Haar betrat August die Küche.

„Guten Morgen, Mama. Gibt es Kaffee?"

„Wie immer, August. Wie war deine Schicht?"

„Sehr anstrengend. Da draußen gibt es so viele Verrückte. Das kannst du dir gar nicht vorstellen."

Alma starb jede Nacht tausend Tode, wenn ihr Sohn Nachtschicht hatte. In ihrem Kopf spielten sich sie schrecklichsten Szenarien ab. Sie sah den Tod, der August verfolgte, doch sie ließ sich nichts anmerken. Sie wollte es ihrem Sohn nicht noch schwerer machen.

„Du wirst uns heute nicht begleiten?"

„Nein, ich bin einfach zu müde, aber Luise möchte gerne mit euch fahren."

„Wo ist sie? Schläft sie etwa noch immer?"

In ihren Augen war Luise ein faules Stück, das sich gerne bedienen ließ. Alma war davon überzeugt, dass diese August nur ausnutzte, um teure Kleidung und unzählige Handtaschen zu besitzen. Konsum war das Einzige, was in ihrem Leben zählte. Langsam und nur in einem Negligé, das auf ihrer blassen Haut lag, kam ihre Schwiegertochter die Treppe herunter. Ihre blutroten Fußnägel stachen Alma sofort ins Auge. Luise räkelte sich auf den Stufen und öffnete ihren Mund dabei so weit, dass ihre schneeweißen Zähne leuchteten.

„Guten Morgen, August", hauchte sie in sein Ohr. Sie streckte sich, um ihre Arme um seinen Hals zu schlingen. Sie stellte sich auf die Zehenspitzen und enthüllte dabei ihre Pobacken. August spürte, dass der Anblick seiner Mutter unangenehm war.

„Guten Morgen, mein Schatz. Ziehst du dich um? Meine Eltern wollen bald los und es ist ein weiter Weg bis zum Königssee."

Luise räkelte sie sich erneut, gähnte und drehte sich zum Küchenfenster. Sie lehnte ihre Arme auf das Fensterbrett, während ihr Busen dabei hervorquoll. Ihr blasses Dekolleté schimmerte im Licht der Sonne.

„Bist du schon fleißig, Erich? Brauchst du Hilfe?"

Sein breites Grinsen und der Blick auf ihren jungen Körper verwandelten Erich in einen sabbernden und hechelnden Hund. Alma beäugte ihr Treiben mit einem angewiderten Gesichtsausdruck. *Dieses kleine Flittchen.* Alma schob Luise beiseite und der Blick, den sie ihrem

Mann zuwarf, ließ ihn erzittern. Ertappt senkte er seinen Blick und grub hastig die restlichen Begonien ein.

„Wie lange brauchst du denn noch?", fragte sie mit gekräuseltem Mund.

„Fünf Minuten", erwiderte Erich, dabei den Blick immer noch gesenkt. Alma fühlte sich nicht bedroht, doch das Verhalten ihrer Schwiegertochter konnte und wollte sie nicht weiter dulden. Obwohl es ein irrsinniger Gedanke war, kam Alma sich in Luises Nähe alt und verbraucht vor.

August lehnte mit einer Tasse Kaffee im Türstock und beobachtete, wie die drei ins Auto stiegen und im Schneckentempo die Siedlung verließen. Er hatte in den Augen seiner Mutter eine Kränkung erkennen können, die ihm fremd war. Ihm war bewusst, dass Luise mit ihrem Körper kokettierte, aber er konnte nicht zulassen, dass seine Mutter sich bedroht fühlte.

Die Autobahn glich einer Sackgasse, nichts bewegte sich. Dicht an dicht schoben sich die Blechkisten aneinander. Luise lehnte ihren Ellenbogen an das Fenster und starrte gelangweilt hinaus. Der blaugraue Himmel öffnete erneut seine Schleusen. Heftige Tropfen prasselten gegen die Frontscheibe. Ein monotones Trommeln, das bei Luise eine bleierne Müdigkeit auslöste.

„Erich! Jetzt stell endlich den Scheibenwischer ein. Ich kann ja gar nichts mehr sehen", rief Alma.

Seine Lippen zuckten unkontrolliert, er rümpfte die Nase.

„Herrgott noch mal. Es bewegt sich doch eh nichts vorwärts", erwiderte er genervt

Alma öffnete empört ihren Mund, ihre Augen verwandelten sich in bedrohliche Schlitze.

„Was ist denn bloß in dich gefahren? So hast du noch nie mit mir gesprochen."

Schweigen. Sie starrte ihn an, aber er reagierte nicht. Die Fahrzeuge setzten sich wieder in Bewegung, während der Regen noch immer gegen die Scheiben trommelte. Heftiger ging das Prasseln in ein ohrenbetäubendes Donnern über. Luise kramte eine uralte Landkarte unter dem Sitz hervor und schnallte sich ab. Das Papier war bereits porös. Das Rascheln der Karte ging im Donnern unter. Der Stau löste sich allmählich auf und Erich drückte aufs Gas. Er sah dabei auffällig oft in den Rückspiegel und beobachtete jede Bewegung, die Luise machte. Wie sie sich auf die Lippe biss, während sie die Karte studierte. Alma bemerkte es nicht. Sie starrte erbost aus dem Fenster.

„Siehst du, Erich? Ich habe den Königssee auf der Karte gefunden."

Erich lächelte, beinahe hypnotisiert stierte er Luise an, dabei verlor er den Blick nach vorne. Luise hob ihren Kopf, ihre Augen weiteten sich, ihr Mund war weit aufgerissen. Ihr Herz setzte kurz aus. Dann gab es einen ohrenbetäubenden Knall. Die Scheiben des Autos zerbarsten, das Metall schob sich zusammen, wie warme, weiche Knete in den Händen eines Kindes. Glassplitter landeten wie kleine Geschosse in Luises Gesicht. Ihr Körper wurde wie ein Gummiball durch den Wagen geschleudert. Eine stumme Dunkelheit umhüllte ihren Körper.

Kalte Regentropfen benetzten ihr Gesicht. Der Geschmack von Eisen lag auf ihrer Zunge. Luise öffnete ihre Augen. Orientierungslos wanderten ihre Blicke durch das völlig zerstörte Auto. Ein stechender Schmerz zuckte durch ihren Körper und sie stöhnte gequält auf.

„Hilfe", wimmerte sie. Alma und Erich rührten sich nicht. Leblos ruhten ihre Körper im Autositz. Schemenhaft konnte Luise einen Mann erkennen, der auf das zertrümmerte Fahrzeug zukam. Stumm starrte er in den Innenraum, seine Gesichtszüge entglitten, als er Erich und Alma sah. Seine Stimme zitterte.

„Hilfe ist unterwegs", stammelte der Mann hilflos. Blaulicht brach durch das Grau des Himmels und wieder verlor Luise das Bewusstsein.

KAPITEL 5

August richtete sich auf. Es war still, ungewohnt still. Er warf die Decke zurück und sein Blick fiel auf die Schlafzimmertür. Ob Luise noch schlief? August streckte sich und dabei knackte sein Nackenwirbel. Das Sofa war unbequemer, als er gedacht hatte. Er betrat die Küche und griff nach der Kaffeekanne. In diesem Moment trat Luise aus dem Schlafzimmer. Sie blickten einander an, doch keiner sagte ein Wort. Vor seinem geistigen Auge tanzten die Worte, die er seiner Frau sagen wollte, doch sein Mund blieb verschlossen. Luise trat an August heran, ihre Augen glänzten. Sie griff nach seinem starken Arm und wünschte sich nichts sehnlicher, als dass er sie berühren würde. Für August jedoch war dieser körperliche Kontakt ein Graus. Er konnte es nicht ertragen und er entfernte sich von ihr.

„Bitte, August. Ich liebe dich. Ich will unser altes Leben zurück“, flehte Luise und brach dabei in Tränen aus. August spürte, dass seine Ehe wie Sand in seiner Hand lag und langsam durch seine Finger ran. Er konnte das Ende nicht aufhalten. Er schluckte, presste seine Kiefer zusammen, blickte in ihr vor Trauer gezeichnetes Gesicht.

„Luise. Es ist vorbei“, sagte er mit belegter Stimme.

Ihre Augen weiteten sich. Luise spürte, wie eine Dampfwalze sie überrollte, alles in ihr sackte zusammen. Eine drückende Übelkeit kroch ihren Hals hinauf. Zitternd griff sie nach seiner Hand.

„Nein, August. Ich liebe dich und ich weiß, dass du mich auch noch liebst."

„Ich liebe dich nicht mehr. Du hast in mir jegliches Gefühl getötet, als du mich betrogen hast. Wie konntest du das nur zulassen? Und ich will keine Ausreden mehr hören. Wenn ich vom Dienst komme, dann bist du hier verschwunden."

„Wie stellst du dir das vor? Wo soll ich denn hin? Ich habe doch niemanden außer dir."

„Du hast deine Mutter", erwiderte August gefühlskalt.

„Meine Mutter? Ist das dein Ernst?"

In ihrer Hilflosigkeit packte sie die Kaffeekanne und ließ sie an der Wand zerschellen. In diesem Moment klingelte sein Handy und er war dankbar, dieser Situation entfliehen zu können.

„August Lehmann."

„Guten Morgen, August. Hier ist Friedrich. Das Ergebnis der Autopsie ist da. Wir sollten uns am Krankenhaus treffen."

„Gut. Ich bin schon auf dem Weg."

August legte auf, blickte zu seiner Frau, die ihn noch immer verzweifelt ansah.

„Bitte, August. Ich will dich nicht verlieren", bettelte sie.

August drehte sich wortlos um und verließ das Haus. Nebel lag über der Siedlung, die Luft war feucht und die Nachbarschaft schien noch zu schlafen, selbst die neugierige Nachbarin war nicht zu sehen. August stieg in den Wagen, er presste seine Kiefer zusammen, seine Wangenknochen zitterten. Fest umklammerte er das Lenkrad, bis das Leder unter dem Druck knirschte. Sein Atem beschleunigte sich und August schlug auf das

Lenkrad ein, immer wieder und wieder. Er schrie aus Leibeskräften, dann brach er in Tränen aus. Es war vorbei, endgültig. Sein altes Leben war Vergangenheit und er fürchtete sich.

Autos drängelten sich dicht aneinander, nur schwer kam August voran. Er musste seine Gedanken sammeln. Unter keinen Umständen durften seine privaten Angelegenheiten seine berufliche Karriere beeinflussen. Friedrich würde es bemerken und ihn wieder misstrauisch beäugen. Er durfte nicht versagen. Nach einer gefühlten Ewigkeit erreichte August das Krankenhaus, er stieg aus dem Wagen und sah seinen Kollegen bereits warten. Sofort fiel ihm auf, dass diesen etwas beschäftigte. Er wirkte angespannt.

„Guten Morgen, Friedrich. Entschuldige, aber der Verkehr war wieder mal ein Albtraum."

Friedrich schien ihn nicht zu hören. Er nickte zwar, doch sein Blick verriet, dass er mit seinen Gedanken weit entfernt war.

„Geht es dir gut? Du bist nicht bei der Sache."

„Nein, doch. Ich ... Es ist nur so. Ach schon gut. Lass uns reingehen."

Ohne weiter nachzuhaken, folgte August Friedrich. Er wollte ihm nicht zu nahe treten und ihr gutes Verhältnis ruinieren. Die beiden schritten über grünen Linoleumboden, es roch nach Formaldehyd und Desinfektionsmittel. Eine Krankenschwester lief zügig über den Flur, verschwand eilig in eines der Patientenzimmer, aus dem ein schweres Stöhnen kam. Es wurde lauter und August konnte das Leid spüren. Er war dankbar, als das Piepen ertönte und sich die Türen des Fahrstuhls öffneten, der sie in die Pathologie fuhr. Hier unten herrschte eine eisige Stille. Es war kalt und August kroch ein Schauer über den Rücken. Seine Erinnerungen wurden wieder zum Leben erweckt. Hier hatte er seine Eltern ein letztes Mal gesehen. Nach dem Unfall hatte er sie identifizieren müssen. Diesen Anblick würde er nie vergessen. Die deformierten Körper, nach denen der Tod gegriffen hatte. Er spürte, wie sich die Haut auf seinem Kopf spannte und ein unangenehmes Ziehen trieb ihm die Tränen in die Augen. Aber er war nicht der Einzige, der in diesem wichtigen Moment nicht bei der Sache war. Friedrichs Hand zitterte und der Schweiß rann ihm die Stirn hinunter. August gab ihm einen Schubs.

„Ich weiß nicht, was dich bedrückt, aber wir sollten uns beide zusammenreißen."

Friedrich nickte und wischte sich den Schweiß von der Stirn.

„In Ordnung."

August stieß die Tür auf. Vor dem Tisch stand Wolfgang Roth. Ein ausgeprägter Buckel zeichnete sich deutlich unter dem weißen Kittel ab. Emilia lag auf dem Tisch. Das Ende ihrer Reise endete auf kaltem Stahl. Ihre Haut war blau, ihr braunes Haar stumpf und glanzlos. Unter ihren gesplitterten Fingernägeln klebte schwarze Erde. Erst als August sich räusperte, drehte Wolfgang sich um und rückte seine Brille zurecht, die auf seiner fleischigen, lila schimmernden Nase saß.

„Guten Morgen, Wolfgang."

„Guten Morgen, die Herren. Ihr kommt genau richtig. Ich bin mit der Autopsie durch."

Friedrich blieb stumm. August starrte ihn an, doch er reagierte nicht, sodass August das Reden übernahm. Er näherte sich dem Tisch und roch die Alkoholdämpfe, die von Wolfgang ausgingen. August neigte den Kopf und es schien, als fühlte sich Wolfgang ertappt. Der Pathologe tat einen Schritt zur Seite und griff nach einem Klemmbrett. Er fuhr sich durch sein schütteres, graues Haar. Sein Kehlkopf bewegte sich rasch auf und ab und seine Blicke rasten über das Papier. Er stotterte.

„Das Opfer ... das Opfer Emilia Schwarz. 21 Jahre alt. Der Todeszeitpunkt lag zwischen Mitternacht und 2 Uhr morgens. Ihr Schädel wurde mit einem spitzen Gegenstand zertrümmert. Ich vermute mit einer Spitzhacke wie man sie in jeden Baumarkt bekommt. Der Täter hat mit einer unglaublichen Wut zugeschlagen. Er hat noch lange auf das Opfer eingeschlagen, obwohl sie schon tot war. Es war ein Overkill. Ich konnte jedoch keine Spuren an der Leiche feststellen. Keine Fasern, keine Haare. Unter ihren Fingernägeln habe ich nichts außer Erde gefunden. Es scheint, als ob ein Schatten das Mädchen angegriffen hätte. Es gibt rein gar nichts."

August konnte sich kaum ausmalen, welche Qualen dieses arme Mädchen erlitten haben musste. Der Anblick ihres geschundenen Körpers löste in ihm ein unendliches Bedauern aus. Ihm war klar, dass er den Täter fassen musste, damit so etwas nicht noch einmal geschehen würde. Er drehte sich um, doch Friedrich war noch immer völlig abwesend. Auch Wolfgang entging nicht, dass etwas Bedrückendes in der Luft lag, und er hoffte, dass es von seinem Zustand ablenken würde. Er trocknete seine Stirn und versuchte, das Zittern seiner Hände zu unterdrücken.

„Wann kann die Mutter ihre Tochter identifizieren?"

„Erst morgen. Ich kann ihr diesen Anblick nicht zumuten."

Wieder blickte August zu Friedrich.

„Du solltest gehen", sagte August.

„Bitte ... entschuldige. Nein, es geht schon wieder. Wann ist der Todeszeitpunkt?"

„Das haben wir bereits geklärt."

August schob Friedrich sanft zur Seite.

„Was ist denn nur los mit dir? Du bist völlig abwesend", flüsterte August.

„Es tut mir leid, aber meine Frau ... Sie ... Es geht ihr nicht gut. Ich muss mich um sie kümmern."

„Dann geh zu ihr."

„Das geht doch nicht. Wir müssen mit diesem Moll sprechen."

„Das werde ich übernehmen."

„Das kommt nicht infrage. Wir können das nicht aufschieben. Gib mir eine Minute. Ich werde meine Frau anrufen. Ich bin gleich zurück."

Friedrich verließ den Raum. August wandte sich Wolfgang zu. Er wusste, dass der schwer alkoholsüchtig war und dass dieses Gift ihn zerstörte. Es nahm ihm die Fähigkeit, gute Entscheidungen zu treffen und bald würde es seine Karriere vernichten, für die er so hart gearbeitet hatte.

„Wolfgang. Du musst das in den Griff bekommen."

Die Augen des Pathologen weiteten sich, sein Kinn bebte.

„Denkst du wirklich, dass mir das nicht bewusst ist? Dass ich nicht weiß, dass es mich kaputtmacht?", gab er unter Tränen zu.

„Es war nicht deine Schuld."

August fühlte sich um Jahre in die Vergangenheit versetzt. In die Zeit, als er noch als Streifenpolizist eingeteilt war. Auf der Wache war ein Notruf eingegangen. Am anderen Ende der Leitung war Wolfgang Roth. Verzweifelt rief er um Hilfe, doch der Beamte konnte seine schluchzenden Worte kaum verstehen. August und sein damaliger Kollege rückten sofort aus. Es war eine kalte Novembernacht gewesen. Der Schnee glitzerte im Schein der Straßenlaternen. Ein eisiger Wind schlug ihm ins Gesicht. Es war still, kein einziges Licht brannte in den umliegenden Wohnungen. Sie näherten sich dem Wohnblock. Die Eingangstür stand offen, der Schnee war bereits eingedrungen und lag auf den Stufen. August vernahm ein gequältes Stöhnen, das lauter und lauter wurde. Es drang durch alle Türen und die Bewohner wurden geweckt. Die Türen öffneten sich, müde Gesichter ragten durch den Türspalt.

„Was zum Teufel geht denn hier vor?“, beschwerte sich ein älterer Mann, der sich die Augen rieb.

„Bitte gehen Sie zurück in ihre Wohnung“, sagte August. Mit knirschenden Zähnen warf der Mann seine Wohnungstür zu. Das Stöhnen ging in ein Schreien über, sodass es August kalt den Rücken herunterlief. Sein Kollege, der seine erste Nachtschicht hatte, schluckte und zog seine Waffe.

„Was um alles in der Welt machst du? Steck sofort deine Pistole weg“, flüsterte August. Die Tür stand offen.

„Hier ist die Polizei. Wir kommen jetzt herein“, rief August. Der Flur lag in Dunkelheit, weshalb er nach dem Lichtschalter tastete. Eine nackte Glühbirne erhellte den Raum und machte das Chaos sichtbar Alle

Schränke waren durchwühlt worden, zerbrochenes Porzellan einer Vase lag auf dem Boden.

„Herr Roth? Wo sind Sie?“

August und sein Kollege folgten dem Schrei, bis sie das Schlafzimmer erreichten. Wolfgang kniete vor dem Bett und August starrte mit weit aufgerissen Augen an die Wand, die mit Blut besudelt war. Die Luft schmeckte nach Eisen, kalter Schweiß stand auf seiner Stirn. Mit ausgestreckter und zitternder Hand berührte August den Oberarm des Mannes, der sich an seine Frau klammerte. Er blickte über dessen Schulter und eine drückende Übelkeit stieg seinen Hals hinauf. Die Frau lag auf dem Bett, ihre Augen halb geöffnet. Ihr Brustkorb lag offen, die Gedärme auf dem Bett verteilt, als hätte sie jemand wie ein Stück Vieh ausgeweidet. Ihr Schädel war eingeschlagen, ihr graues Haar blutverschmiert. Sein Kollege starrte ebenfalls auf die Leiche.

„Ach du Scheiße“, sagte er mit bebender Stimme, drehte sich um und erbrach sich auf dem Teppich. August kam sich hilflos vor, doch ihm blieb nichts anderes übrig, als sich zusammenzunehmen. Er griff zum Funkgerät und rief Verstärkung.

„Herr Roth. Ich bitte Sie. Kommen Sie mit mir. Sie können hier nicht bleiben.“

Wolfgang Roth richtete sich auf. Der Rotz lief ihm aus der Nase. Mit dem Handrücken wischte er sich über das Gesicht.

„Es ist meine Schuld“, flüsterte er.

„Was soll das bedeuten?“, fragte August und dabei sah er dem Mann ins Gesicht. Er sah ein geschwollenes Auge und eine blutige und aufgeplatzte Lippe.

„Sagen Sie mir, was hier geschehen ist."

„Ich ... ich bin aus meiner Stammkneipe gekommen. Ich hatte ziemlich viel getrunken. Meine Frau hatte mich angerufen. Sie wollte, dass ich sofort nach Hause komme. Ich konnte mich kaum auf den Beinen halten und ich habe gemerkt, dass jemand hinter mir war. Dann ging alles ganz schnell. Er hat sich auf mich geworfen und wollte mein Geld. In meinem Rausch konnte ich mich kaum wehren. Er hat alles genommen. Meine Börse und meine Hausschlüssel. Er schlug mir heftig ins Gesicht und ich habe das Bewusstsein verloren. Wenn ich nicht so betrunken gewesen wäre, dann würde meine Frau noch leben", schluchzte er. August wollte ihn berühren, doch im letzten Moment zog er seine Hand zurück. Er konnte sich kaum vorstellen, was in dem gebrochenen Mann vorging. Die eigene Frau abgeschlachtet wie ein Tier und er derjenige, der sie in diesem Zustand vorfinden musste.

„Ich weiß, dass es schwer ist, aber können Sie mir den Täter beschreiben? Und wenn es nur eine Kleinigkeit ist. Alles kann hilfreich sein."

Wolfgang rieb sich die Stirn und die Anstrengung war ihm buchstäblich ins Gesicht geschrieben. Seine Gesichtszüge schienen unglaublich gequält.

„Ich weiß es nicht. Eine der Straßenlaternen war defekt. Wahrscheinlich hat er nur diesen einen Moment abgepasst. Ich kann mich nur an seinen Geruch erinnern. Es war eine Mischung aus saurem Schweißgeruch und einem billigen Parfum, das mich an Moschus erinnert. Es brannte in meiner Nase."

August vernahm Schritte, die vom Treppenhaus kamen. Ein Raunen drang in sein Ohr. Er ging zur Tür, während sein Kollege leichenblass an der Wand im Flur lehnte. Kommissar Friedrich Peters und die Spurensicherung betraten die Wohnung. Peters war anzusehen, dass man ihn aus dem Bett geholt hatte. Seine Pupillen glichen Stecknadelköpfen. Sein schütteres Haar war durcheinander gewühlt. Sein Hemd war falsch zugeknöpft. Das Licht der Glühbirne flackerte auf. August stieg über die zertrümmerte Einrichtung des Flurs. Er streckte Kommissar Peters die Hand entgegen, doch der würdigte ihn keines Blickes, stattdessen betrachtete er das Mobiliar.

„Was haben wir?", fragte Friedrich unterkühlt. August fühlte sich herabgesetzt und ungerecht behandelt. Ihm war bewusst, dass Friedrich nicht viel von seiner Arbeit als Polizist hielt. Ständig hielt Friedrich ihm vor, dass er zu stürmisch und unsensibel sei.

„Es geht um Helene Roth. Jemand ist in die Wohnung eingedrungen und hat sie getötet."

„Ja, und weiter."

August verzog seinen Mund, seine Nasenflügel weiteten sich.

„Ihr Mann, Wolfgang Roth, hat sie gefunden. Er wurde kurz zuvor überfallen. Der Täter nahm ihm Schlüssel und Geldbörse ab. Ich vermute, dass ..."

„Ja, ja. Alles Weitere werden wir klären."

Dann ließ Friedrich August einfach stehen und ging in Richtung Schlafzimmer. August ballte eine Faust. Er zögerte, doch er wollte sich nicht so behandeln lassen.

„Kommissar Peters?"

Friedrich blieb stehen, atmete entnervt aus.

„Was ist denn noch? Ich habe hier einen Fall zu klären."

„Ich bin ein guter Polizist. Warum behandeln Sie mich so herablassend?"

Friedrich schaute auf den Kollegen, der noch immer an der Wand lehnte. August kam auf Friedrich zu.

„Wollen Sie das jetzt wirklich hier an einem Tatort klären? Wo alle hören können, dass Sie ein miserabler Polizist sind?"

August hob sein Kinn.

„Ich bin ein guter Polizist."

„Nein, Sie sind aufdringlich und unprofessionell. Sie setzen Zeugen unter Druck und das nur, um schnellen Erfolg zu haben, aber so werden Sie es nie zu etwas bringen. Das können Sie mir glauben."

KAPITEL 6

August drückte die Tür auf und sah Friedrich, der mit sanften Worten auf seine Frau einredete, dann steckte er sein Telefon weg und atmete betrübt durch. August berührte seine Schulter. Friedrich zuckte zusammen.

„Was zum Teufel ..."

„Entschuldige. Ich wollte dich nicht erschrecken. Wie geht es deiner Frau?"

„Es ... es ist kompliziert und ich sollte nicht mit dir darüber sprechen."

August fühlte sich ein wenig gekränkt. Er war der Meinung, dass Friedrich ihm vertrauen konnte, doch ihm wurde schnell klar, dass es noch zu früh war.

„Wollen wir zu Mittag essen?", fragte August.

„Ja ... ja, das ist eine gute Idee", fügte Friedrich mit hängenden Schultern hinzu.

Es war still. Augusts Augen waren auf die Straße gerichtet. Friedrich versteckte seine Hände zwischen den Knien und wirkte dabei auf August sehr zerbrechlich. Von dem selbstbewussten und störrischen Mann war in diesem Moment nichts übrig. Friedrich tastete nach dem Knopf, um die Scheibe herunterzulassen. Tief atmete er die kalte Luft ein und versuchte, seine Tränen zu unterdrücken. August biss sich auf die Lippe, blickte immer wieder verstohlen auf Friedrich.

„Willst du mir nicht doch erzählen, was dich so bedrückt?", fragte August vorsichtig. Friedrich zögerte, er öffnete den Mund, doch die Worte kamen ihm nicht über die Lippen. August wollte ihn nicht bedrängen und hielt sich zurück. Der Parkplatz des Chinarestaurants war beinahe leer. August stellte den Wagen in der Nähe des Eingangs ab und stieg aus. Friedrich folgte ihm und sie betraten gemeinsam das Lokal, das zur Mittagszeit ein üppiges Büfett anbot. Die Luft war stickig, kein einziges Fenster war geöffnet und so wurden einem die Gerüche der Speisen direkt in die Nase getragen. In der Mitte des Raumes stand ein gigantisches Aquarium, in dem sich etliche Fische tummelten. Kinder klebten fasziniert mit ihren Gesichtern und offenen Mündern an der Scheibe, beobachteten jede Bewegung der Fische und hämmerten mit ihren kleinen Fingern gegen das Glas. Eine Mutter, die etwas angespannt wirkte, stapfte in Richtung Aquarium, packte eines der Kinder am Arm und zerrte es weg.

„Wie oft habe ich dir gesagt, dass du sitzen bleiben sollst, wenn wir essen", zischte sie. August suchte einen Tisch im hinteren Bereich des Restaurants aus. Friedrich ließ sich erschöpft auf die Bank fallen, faltete seine Hände.

„Sie hat Krebs. Ihr bleibt nicht mehr viel Zeit."

August nickte.

„Das tut mir sehr leid", sagte August leise.

„Meine Marie ist eine lebenslustige Frau. Sie ist stark und tapfer, doch der Krebs hat ihr all das genommen. Er hat sie zu einem anderen Menschen gemacht, sie verändert."

August fehlten die Worte. Er wusste, dass es nichts gab, was Friedrich hätte trösten können, also hörte er einfach nur zu.

„Die Diagnose Darmkrebs haben wir letztes Jahr erhalten. Die Ärzte haben sofort gehandelt und ihr eine Chemotherapie verordnet. Von da an ging es ihr immer schlechter. Ihr war ständig übel. Sie konnte nichts mehr schmecken, nichts mehr riechen. Ihre schönen Haare sind ihr ausgefallen und diese unerträglichen Schmerzen. Sie waren so schlimm, dass sie nächtelang geschrien hat. Ich war so verdammt hilflos. Ich war nicht in der Lage, ihr die Schmerzen abzunehmen. Sie ist nur noch ein Skelett. Ihre Haut ist so dünn, wie Papier. Jede meiner Berührungen bereitet ihr Qualen."

August lauschte seinen Worten und erinnerte sich an seine Eltern. Er wusste nicht, ob seine Eltern lange leiden mussten, ob sie Schmerzen hatten, oder ob es nach dem Aufprall sofort vorbei gewesen war.

„Das ist furchtbar. Es tut mir leid. Gibt es ... gibt es etwas, dass ich für euch tun kann?"

Friedrich lächelte müde.

„Nein, ist schon in Ordnung. Du bist der Einzige, der davon weiß, und ich möchte, dass es auch so bleibt."

Nach all dem Zwist, der früher zwischen ihnen herrschte, war nun Vertrauen.

„Ich weiß zu schätzen, dass du dich mir anvertraust. Du weißt ja, dass es nicht immer so war."

„Ja, das weiß ich, aber du musst zugeben, dass du ein ungestümer Polizist warst."

August grinste, zog seine Augenbrauen hoch.

„Da hast du recht, aber ich glaube, das habe ich meiner Mutter zu verdanken. Sie hat mich zu sehr verwöhnt und mir alles durchgehen lassen."

„Was hat dich so verändert?", fragte Friedrich mit aufrichtigem Interesse.

„Der Tod meiner Eltern, mein drogenabhängiger Bruder."

Friedrich wurde hellhörig.

„Dein Bruder ist drogenabhängig?“

„Ja. Er hat den Tod unserer Eltern nicht verkraftet. Es fing eigentlich harmlos an. Er rauchte ab und zu Gras. Ich habe nichts dazu gesagt. Ich wollte mich nicht wie unser Vater benehmen und ihm Vorschriften machen, also ließ ich ihn gewähren. Aber das reichte ihm nicht. Er musste seine Trauer anders ersticken und so pumpte er sich Heroin in die Adern.“

Friedrich schüttelte den Kopf.

„Weißt du, wie es ihm geht? Wo ist er jetzt?“

„So wie alle Süchtigen. Er treibt sich im Bahnhofsviertel herum.“

„Das ist ein hartes Pflaster. Wann hast du ihn das letzte Mal gesehen?“

„Vor ein paar Monaten“, sagte August nachdenklich. Er fühlte sich schuldig. Er war immer der gute Sohn gewesen und Simon der Rebell, der sich nichts sagen ließ. Sein Bruder hatte sich jeder Regel widersetzt und ihren Eltern Kummer bereitet. Er hatte die Schule geschwänzt, war tagelang nicht heimgekommen und Alma war tausend Tode vor Sorge gestorben.

„August? Alles in Ordnung?“

„Ja, ich dachte nur gerade ...“

Friedrich stand auf.

„Lass uns endlich essen und dann fahren wir zu diesem Moll. Wir müssen diesen Fall schnellstmöglich aufklären, danach können wir uns immer noch gegenseitig trösten“, sagte Friedrich und grinste dabei ironisch.

Die Straßen waren mit Leben gefüllt. August und Friedrich näherten sich Frankfurts Rotlichtviertel. Am

Tag schien alles harmlos, doch wenn nachts die Lichter der Gebäude die Straßen erhellten, dann krochen die Nachtmenschen aus ihren Löchern. Im Schutz der Dunkelheit gingen sie ihrem Verlangen, ihren Begierden nach. August bog in die Moselstraße ein. Vor ihnen lag das „Golden Palace“ und er parkte den Wagen. Vor der Tür stand ein Mann von zwei Metern. Ein Berg aus Fleisch und Knochen. Seine Oberarme waren so gewaltig, dass er Mühe hatte, sie vor seiner Brust zu verschränken. Er trug eine Sonnenbrille, die seine Augen verdeckte. August war es immer wichtig, den Menschen in die Augen zu sehen, um festzustellen, welches Gefühl sie gerade in sich trugen. Der Kerl trug einen Vollbart und kaute auf einem Kaugummi. Als die beiden näher kamen, stellte er sich ihnen in den Weg und hob sein Kinn.

„Ja?“, fragte er mit einer dunklen Stimme.

„Kommissar August Lehmann, das ist mein Kollege Friedrich Peters. Wir müssen Leopold Moll sprechen.“

„Geschäftlich oder zum Vergnügen?“

August lachte humorlos.

„Gehen Sie endlich aus dem Weg!“, sagte August ungeduldig.

Der Mann gab den Weg frei. Durch einen Vorhang betraten August und Friedrich den Vorraum, in dem sich eine Bar befand. Der Boden war mit rotem Teppich ausgelegt. Die Barhocker glänzten golden. Hinter dem Tresen stand eine Frau. Ihr Haar war streng zu einem Dutt gebunden, der sie sehr dominant wirken ließ. Sie trug ein ledernes Korsett, das die üppige Brust zusammenquetschte, und spitzte die blutroten Lippen.

„Guten Tag, die Herren. Kann ich Ihnen behilflich sein? Haben Sie besondere Wünsche?"

„Ja, einen ganz besonderen."

„Rot, blond oder vielleicht brünett?", fragte sie verführerisch.

„Doch eher männlich."

Die Frau warf empört den Lappen auf den Tresen. Friedrich versetzte August einen Hieb in die Rippen.

„Entschuldigung. Wir suchen Leopold Moll. Es geht um Emilia Schwarz."

Kaum ausgesprochen betrat Leopold Moll den Raum. Er trug einen weißen Anzug mit einem roten Hemd. In der rechten Hand hielt er einen Flanierstock. Sein schulterlanges, blondes Haar wippte bei jedem seiner Schritte, die Haut war braun gebrannt. Er erfüllte jedes Klischee eines Zuhälters.

„Was kann ich für die Herren tun?"

„Kommissar August Lehmann. Mein Kollege Friedrich Peters. Es geht um Emilia Schwarz."

„Sie meinen Jade."

„Wie bitte?", fragte August mit gerunzelter Stirn.

„Das ist ihr Name. Keines meiner Mädchen arbeitet unter ihrem Rufnamen", sagte Moll mit einem schmierigen Grinsen. August presste seine Kiefer zusammen. Er verabscheute ihn. Der Zuhälter ernährte sich wie ein wildes Tier von den Träumen der jungen Frauen. Versprach ihnen alles, was sie sich je wünschten, und nutzte die Naivität schamlos aus, um sie zu seinen Marionetten zu machen. Er zog die Fäden, an denen ihr Schicksal hing.

„Emilia Schwarz wurde tot am Jacobiweiher aufgefunden."

Moll starrte die beiden an. Seine Mimik blieb versteinert. August wartete auf eine Regung, ein Gefühl, doch er wurde eines Besseren belehrt. Dem Zuhälter war es egal, so wie es August bereits geahnt hatte.

„Haben Sie verstanden, was ich Ihnen gesagt habe? Einem Ihrer Mädchen wurde der Schädel zertrümmert. Ich will wissen, warum Sie sie mitten in der Nacht zu diesem Ort geschickt haben?"

Moll senkte den Kopf, seine Hand umfasste fest den Stock, er lächelte müde.

„Ich habe Emilia nirgendwo hingeschickt. Meine Mädchen arbeiten ausschließlich in meinem Haus und nicht mitten in der Nacht in der Prärie."

„Ihrer Kleidung nach, wartete sie auf einen Freier. Sie müssen etwas darüber wissen. Wann haben Sie Emilia das letzte Mal gesehen? Wer war bei ihr?"

August beobachtete Moll, wie er versuchte, angestrengt nachzudenken, doch im Grunde war es ihm gleich.

„Das war vor drei Tagen. Sie war durcheinander."

„Warum?", fragte August mit Nachdruck.

„Dieser Spinner ist hier aufgekreuzt. Widerlicher Kerl. Ungepflegt und aufdringlich."

August wusste, von wem er sprach. Linus Opitz.

„Sie sprechen von Linus Opitz?

„Ja, das war sein Name. Er war vor etwa einer Woche hier und suchte nach Emilia. Er wollte sie aus meinen Fängen befreien. Lächerlich seine Wortwahl. Kein Wunder, dass Emilia ihn verlassen hat. Mittellos und bedauernswert. Vielleicht sollten Sie mit ihm sprechen."

Augusts Geduld hing an einem seidenen Faden.

„Was ist mit Ihren anderen Frauen? Können wir mit ihnen sprechen?"

„Es steht Ihnen frei, mit meinen Mädchen zu sprechen. Wir haben nichts zu verbergen."

Mit einer Handbewegung gab Moll den Weg frei. Friedrich und August gingen durch einen roten Samtvorhang. Ein süßlicher Duft lag in der Luft. Aus einem der Zimmer drang klassische Musik. Für August ein wenig befremdlich.

„Du hast dich unter Kontrolle?", fragte Friedrich.

„Natürlich. Sehe ich etwa nicht so aus?"

„Ganz kurz hast du mich an früher erinnert."

„Keine Sorge, aber dieser Moll treibt mich in den Wahnsinn. Ich weiß, dass er seine sogenannten Mädchen wie Sklavinnen behandelt."

„Ich verstehe, aber denk daran, es gibt Frauen, die sich diese Beschäftigung freiwillig ausgesucht haben."

„Da hast du wohl recht."

Vor ihnen lag ein schmaler Gang. Rechts und links lagen die Zimmer. Die Türen standen offen: Jedes Zimmer war in einem anderen Stil gehalten, von Orient bis Plüschparadies und Folterkammer. Die Musik am Ende des Flurs wurde lauter. Der süßliche Duft wurde intensiver. August wagte einen Blick ins Zimmer. Auf dem Bett lag eine junge Frau, sie schien nicht älter als 25 Jahre zu sein. Sie hatte feines, blondes langes Haar. Ihre extrem langen Fingernägel fuhren aufreizend über ihren schmalen Oberschenkel. August schluckte, während Friedrich nüchtern ihr Treiben betrachtete. Es entging Friedrich nicht, dass August sie wie hypnotisiert anstarrte, und schüttelte den Kopf.

„Wie darf ich die Herren verwöhnen? Eine Party zu dritt?“

August schmunzelte und erneut verpasste Friedrich ihm einen kräftigen Hieb.

„Nein, keine Party. Kommissar Friedrich Peters, mein Kollege August Lehmann. Wie ist Ihr Name?“

Die junge Frau stützte sich am Bettrand ab und warf ihr Haar schwungvoll in den Nacken.

„Ich bin Marla Sperling.“

Ihre zierlichen Füße steckten in schwarzen High Heels. Ein taubenblaues Negligé umschmeichelte ihren perfekten Körper. Ihre Brustwarzen blitzten hervor und August musste sich zwingen, nicht ständig auf ihren Körper zu starren.

„Es geht um Emilia Schwarz.“

Marla verstand, dass es hier nicht um das Geschäft ging. Sie warf sich einen leichten Seidenmantel um und verknotete den Gürtel.

„Was ist mit Emilia? Ist etwas passiert?“, fragte sie besorgt.

„Es ist so: Sie wurde tot aufgefunden. Man hat ihre Leiche am Jacobiweiher entdeckt“, erklärte Friedrich. Marla schlug sich vor Entsetzen die Hand vor den Mund, ließ sich auf den Bettrand fallen.

„Das ... das kann nicht sein. Was ist denn passiert?

„Das versuchen wir gerade herausfinden. Wann haben Sie Emilia das letzte Mal gesehen? Gab es in den letzten Tagen etwas Ungewöhnliches?“

Ihre Unterlippe zitterte.

„Ich bin mir nicht sicher. Eigentlich war es wie immer. Sie müssen wissen, dass Leopold dafür sorgt, dass der Kontakt zwischen uns Mädchen nicht zu eng wird.“

„Warum das?“, fragte August.

„Na ja. Er will nicht, dass zwischen uns ein Konkurrenzverhalten entsteht. Es gibt Mädchen, die mehr verdienen als andere, aber ich weiß, dass Emilia sehr beliebt war. Sie machte eine Menge Schotter. Für Leopold war sie das beste Pferd im Stall.“

„Kennen Sie einen gewissen Linus Opitz?“

„Ja, den kenne ich. Er war hier und hat randaliert. Er wollte Emilia hier rausholen, aber Leopold lässt sich nichts sagen und ließ ihn hinauswerfen. Mehr weiß ich nicht.“

„Wissen Sie, ob Emilia einen Stammkunden hatte, der sie nachts und außerhalb des Golden Palace gebucht hatte?“

Marla schüttelte demonstrativ den Kopf.

„Nein, auf keinen Fall. Leopold ist unsere Sicherheit sehr wichtig. So etwas würde er nie zulassen, aber Emilia hatte einen Stammkunden, der regelmäßig zu uns kommt. Sehr oft sogar und er wollte nur Emilia.“

August wurde hellhörig.

„Wir brauchen seinen Namen.“

Marla verschränkte die Arme vor ihrer Brust, ihr Blick ging zu Boden.

„Ich darf nicht über Kunden sprechen“, flüsterte sie.

„Sie müssen darüber reden, schließlich suchen wir den Mörder einer jungen Frau, die ihr ganzes Leben noch vor sich hatte.“

„Sein Name ist Herbert Kies, aber bitte verraten Sie mich nicht an Leopold.“ Sie klang ängstlich.

„Gut. Das wäre dann vorerst alles. Wenn Ihnen doch noch etwas einfällt, dann rufen Sie uns an“, sagte August und überreichte Marla eine Karte.

„Das mache ich."

Wieder auf der Straße versetzte Friedrich August einen Stoß.

„Hey, was soll denn das?"

„Sag, bist du von allen guten Geistern verlassen? Dieses arme Mädchen so anzustarren."

„Das ist doch gar nicht wahr. Ich ... ich habe sie nicht angestarrt. Na ja, vielleicht ein bisschen und halte mir bitte nicht wieder eine Predigt."

„Gut, das hatte ich auch gar nicht vor."

Friedrich schaute auf seine Uhr.

„Ich muss zu meiner Frau. Ich denke, wir sollten noch einmal mit diesem Linus sprechen. Vielleicht hat er doch etwas mit Emilias Tod zu tun. Ich bin mir sicher, dass es jemand war, dem Emilia vertraut hatte, sonst hätte sie nicht mitten in der Nacht auf ihn gewartet. Sie muss denjenigen gut gekannt haben."

„Da magst du recht haben. Ich fahr dich nach Hause."

Es dämmerte. August fuhr in den Stadtteil Sachsenhausen. Er ertappte sich dabei, wie er immerzu an Marla denken musste. Ihre Bewegungen, ihr makelloser Körper und ihr süßlicher Duft. Im Inneren bedauerte er es, dass diese Frau ihren Körper verkaufte und ihre Seele dabei abstumpfte.

„Du musst hier rechts abbiegen."

August fuhr die kleine Auffahrt hinauf, die zum Haus führte. Der kleine Bungalow hatte den Charme der 80er-Jahre. Der schmale Weg, der zur Haustür führte, war mit weißen Kieselsteinen ausgelegt. Kleine Buchsbäume säumten den Weg. August musste unweigerlich an seinen Vater denken, der mit viel Liebe seinen Garten gehegt und gepflegt hatte. Die Tür ging auf. Eine kleine, zierliche Frau trat heraus und winkte schwach mit der Hand. Ihre graue Haut schien so dünn wie Papier. Es fiel ihr schwer, sich auf den Beinen zu halten. Friedrich ging eilig auf sie zu, um sie zu stützen.

„Hallo, mein Schatz. Wie geht es dir?"

„Blendend, das weißt du doch", grinste sie. August wagte es nicht, auf sie zuzugehen.

„Wer ist denn der junge, attraktive Mann bei dir?"

Friedrich drehte sich um, winkte August zu sich herüber. Nur zögerlich näherte er sich der kraftlosen Frau, die dennoch ein warmes Lächeln auf den Lippen trug.

„Guten Tag, Frau Peters. Ich bin August Lehmann, der Partner Ihres Mannes."

Marie winkte ab.

„Was sollen diese Förmlichkeiten. Ich bin Marie. Ich habe etwas gekocht. Möchtest du nicht zum Essen bleiben? Wir würden uns sehr freuen."

Friedrich nickte.

„Sehr gerne. Vielen Dank."

August folgte den beiden ins Haus. Der großzügige Flur war mit weißem Marmor ausgelegt. Ein goldfarbener Spiegel, der bis an die Decke ragte, verlieh dem Raum noch mehr Größe. Durch eine Doppeltür aus Glas ging es ins Wohnzimmer. Wandteppiche schafften eine gemütliche Atmosphäre. Eine lederne Couch nahm den unteren Teil des Wohnzimmers ein. Aus der Küche strömte ein würziger Duft.

„Bitte setzt euch."

Sie setzten sich an den massiven Holztisch. Platzdeckchen zierten die Oberfläche. Das Silberbesteck war perfekt poliert. Eine Wärme breitete sich in August aus. Für einen kurzen Augenblick fühlte er sich wieder wie bei seinen Eltern. Geborgen und beschützt. Marie stellte die Töpfe auf den Tisch und August entging nicht, dass es der Frau alles abverlangte. Sie wirkte erschöpft und müde. Der Krebs hatte deutliche Spuren hinterlassen. Die Knochen unter ihrer dünnen Haut ragten hervor und erst jetzt erkannte August, dass sie eine Perücke trug. Unter schwerem Atmen ließ sich Marie auf dem Stuhl nieder. Der Schweiß stand ihr auf der Stirn.

„Bitte greift kräftig zu."

Es gab Schweinebraten mit Kartoffelklößen und einer würzigen Soße. August genoss jeden Bissen, doch Marie aß kaum etwas. Er starrte immer wieder auf ihren noch vollen Teller und überlegte, ob er etwas sagen sollte, ohne dabei neugierig oder unverschämt zu wirken.

„Sie essen nichts?"

„Wir waren doch beim Du angelangt."

„Ja, stimmt."

„Nein, August. Ich schmecke doch nichts und das Schlucken fällt mir schwer. Es fühlt sich an, als ob ich eine Bowlingkugel verschlucken müsste."

„Es tut mir leid, ich wollte nicht aufdringlich sein."

„Schon gut. Die Hauptsache ist, dass es euch schmeckt."

Nach dem Essen wirkte Marie noch geschwächter als zuvor.

„Friedrich, würdest du mich bitte ins Schlafzimmer begleiten? Ich schaffe es nicht ohne deine Hilfe."

„Natürlich, mein Schatz."

Friedrich stützte seine Frau. August lehnte sich zurück. Seine Hose drückte auf seinen Bauch. Er hatte eindeutig zu viel gegessen.

„Wie wäre es mit einem Whiskey?"

„Das ist eine gute Idee."

Neben dem alten Röhrenfernseher stand eine kleine Bar in Form eines Servierwagens. Friedrich griff nach einer Single-Malt-Whiskey-Flasche und goss zwei großzügige Gläser ein. Er stellte das Glas vor August und ließ sich schwermütig neben ihm nieder. August sah seine glänzenden Augen. Mit aller Kraft versuchte Friedrich gegen die Tränen anzukämpfen.

„Du kannst dir nicht vorstellen, wie sehr ich diese Frau liebe. Wir sind jetzt dreißig Jahre verheiratet und jetzt soll es so enden? Ich ertrage den Gedanken nicht. Sie ist immer noch bei mir und ich sehe, wie sich das Ende nähert. Das ist nicht fair."

„Ich kann deinen Schmerz nachempfinden. Ich weiß, was es heißt, einen geliebten Menschen zu verlieren."

„Was ist mit deiner Frau? Wie geht es ihr?"

August nahm einen kräftigen Schluck und lehnte sich zurück.

„Ich habe mich von ihr getrennt."

„Davon hast du mir nichts erzählt."

„Hey. Wir beide stehen doch erst am Anfang unserer innigen Beziehung. Ich wollte dir nicht gleich alles aufhalsen."

Friedrich glotzte August einen kurzen Moment verdattert an, dann lachten sie laut los.

„Ja, da hast du recht. Aber Spaß beiseite. Was ist passiert?"

„Das ist eine lange Geschichte."

„Ich habe Zeit“, erwiderte Friedrich und nahm einen Schluck.

„Luise war dabei, als meine Eltern den Unfall hatten. Sie war nicht schwer verletzt, aber meine Eltern haben es nicht überlebt. Mein Vater ist auf einen Transporter aufgefahren, der Stahlstangen geladen hatte. Die Ware war nicht ausreichend gesichert und die Stäbe sind wie Geschosse durch die Windschutzscheibe und haben beide durchbohrt. Luise saß in der Mitte und blieb verschont.“

Friedrich fuhr sich mit der Hand über den Mund. Lebhaft konnte er sich vorstellen, was für ein schreckliches Szenario das gewesen sein musste.

„Das ist unvorstellbar. Es tut mir aufrichtig leid. Aber warum seid ihr getrennt?“

„Ich weiß, dass es falsch war, aber ich habe ihr die Schuld gegeben. Ich weiß, dass sie ständig quatscht. Wenn wir unterwegs waren, hat sie mich andauernd aufgefordert, aus dem Fenster zu sehen, obwohl ich fahren musste. Das war eine dumme Angewohnheit und ich denke, dass es an diesem Tag genauso war. Ich habe nicht mehr mit ihr gesprochen, sie ignoriert und ein paar Monate später hatte sie eine Affäre. Es hat mir das Herz gebrochen und ich habe ihre Nähe nicht mehr ertragen. Ich musste mich trennen.“

„Das klingt alles sehr kompliziert. Ist die Trennung endgültig?“

„Für mich ja. Es gibt kein Zurück. Ich empfinde nichts mehr für Luise.“

„Wenn du so fühlst, dann ist es das Richtige. Das heißt, du bist wieder zu haben. Wie wäre es mit Lara?

Sie ist verrückt nach dir“, sagte Friedrich mit einem schelmischen Lachen fest.

„Das ist mir nicht entgangen, aber das kommt nicht infrage. Ich will mich nicht in die nächste Beziehung stürzen. Dafür bin ich nicht bereit.“

„Und was war das heute mit dieser Marla?“

August spürte, wie ihm die Röte ins Gesicht stieg und sein Herz schneller schlug.

„Gar nichts“, erwiderte er trocken.

„Das kannst du mir nicht erzählen. Ich habe doch deine Blicke gesehen.“

„Das war nur Mitleid.“

„Also wenn das Mitleid war, dann weiß ich auch nicht.“

Und wieder lachten sie.

„Es wird Zeit für mich, aufzubrechen. Ich danke dir für deine Gastfreundschaft. Sag Marie bitte, dass das Essen hervorragend war.“

„Das richte ich ihr aus.“

Friedrich ging voraus, August folgte ihm. Als er aus der Tür gehen wollte, griff Friedrich nach seinem Arm.

„Du bist ein guter Junge und ich bin froh, dass du mein Partner bist.“

August nickte.

„Das weiß ich zu schätzen.“

Die Straßen waren beinahe leer. Nur vereinzelt liefen Menschen durch die Stadt. August fuhr durch das Bahnhofsviertel. Abwechselnd richteten sich seine Blicke auf die Straße und den Fußweg. In der Hoffnung, seinen Bruder Simon zu sehen. Vermutlich war er wieder in eines dieser Abrisshäuser geflüchtet, um vor der Nacht und seinen dunklen Gestalten geschützt zu sein.

Seit drei Monaten hatte er ihn nicht mehr zu Gesicht bekommen. Er wusste nicht, in welchem Zustand sich Simon befand. August erreichte das Haus. Licht brannte in der Küche. Luise. Er knirschte mit den Zähnen. Die einzige Möglichkeit, sie ein für alle Mal loszuwerden, war, endlich die Schlösser auszutauschen. In seinem Hinterkopf kribbelte es, und zwar nicht auf die angenehme Weise. August steckte den Schlüssel ins Loch und ließ die Tür aufschwingen. Etwas in ihm weigerte sich, über die Schwelle zu treten, aber das war verdammt noch mal sein Haus. Er knallte die Tür zu, warf die Schlüssel auf den Schuhschrank und rief nach seiner Frau.

„Luise? Was zum Teufel hast du hier zu suchen?", rief er zornig.

Mit gesenktem Kopf kam sie aus der Küche.

„Hallo, mein Schatz."

August stemmte die Hände in die Hüften und atmete tief durch.

„Leidest du eigentlich an Gedächtnisverlust? Ich habe dich aus dem Haus geworfen. Was um alles in der Welt hast du hier verloren?"

„Ich ... ich dachte, wir können noch einmal über alles reden."

August stieß ein verächtliches Lachen aus.

„Reden? Ist das dein Ernst? Es gibt zwischen uns nicht das Geringste zu reden."

Luise ignorierte gekonnt seine Worte und holte einen Zettel aus der Schublade.

„Dein Arzt hat angerufen. Er möchte, dass du in seine Praxis kommst. Ist es wegen deiner schlechten Werte?"

August musste für einen Moment nachdenken, ob er sich nicht in einem Traum befand. Ihr Verhalten war ihm äußerst suspekt.

„Du solltest einen Arzt aufsuchen. Du tickst doch nicht mehr richtig und jetzt verlasse mein Haus, auf der Stelle."

Sie kam auf ihn zu, hob ihre Hand und versuchte seine Wange zu berühren, doch August wehrte diese Berührung ab.

„Fass mich nicht an. Wer weiß, wo deine Hände waren. Vielleicht wieder an deinem Geliebten."

Luises Gesicht versteinerte. Plötzlich ballte sie ihre Fäuste und schlug auf August ein.

„Ich war nicht bei ihm", schrie sie aus Leibeskräften. August packte ihre Hände. Er hatte das Gefühl, dass Luise ihren Verstand verloren hatte. Er packte ihren Arm, schleifte sie zur Tür und verpasste ihr einen Schubs.

„Komm nie wieder hierher."

„Mach die Tür auf, lass mich rein", brüllte sie und bald darauf gingen die Lichter in den gegenüberliegenden Häusern an. Ein paar neugierige Nachbarn versammelten sich. Eingehüllt in ihren Bademänteln glotzten sie auf das Haus, beobachteten das Geschehen und tuschelten. August rutschte vor Scham die Haustür herunter und vergrub sein Gesicht in seine Hände. In seinem Inneren versuchte er nach einem verborgenen Gefühl zu suchen, doch es existierte nichts als Abneigung gegen Luise. August ließ sie noch eine Weile vor Tür toben, bis sie endlich resignierte und im Dunkel der Nacht wie ein räudiger Hund verschwand.

KAPITEL 7

August öffnete die Augen. Die dunklen Vorhänge im Schlafzimmer versperrten der Morgensonne den Weg. Er starrte durch die Dunkelheit an die Decke und dachte an den peinlichen Vorfall der letzten Nacht. August konnte sich lebhaft vorstellen, wie sich die Nachbarn das Maul über ihn und das Schauspiel, das sich ihnen geboten hatte, zerrissen. Ihm war klar, dass er nun für Tage das Gespräch in der Siedlung sein würde. Mit einem kräftigen Schwung warf August die Bettdecke zur Seite und schälte sich aus dem Bett. Mit dem Handrücken rieb er sich die Augen und schaltete das Licht auf seinem Nachtkästchen an, auf dem ein Bild von ihm und Luise stand. Zielsicher griff er nach dem Bilderrahmen und warf ihn in Richtung Kleiderschrank. Das Glas zersplitterte und August rollte mit den Augen. Nur schleppend erreichte er das Badezimmer. Er drehte den Wasserhahn auf und benetzte sein Gesicht mit der eiskalten Flüssigkeit. Ein prüfender Blick in den Spiegel.

„Mein Gott, siehst du heute scheiße aus", flüsterte August mit roten Augen fest.

Er drehte den Hahn zu und starrte auf Luises Habseligkeiten. Kleine Töpfe mit Gesichtscreme, unzählige Parfums und Lockenwickler. Eine Bürste, in der noch ihre Haare steckten. Irgendwann musste sie zurückkommen, um ihre Sachen zu holen, aber August wollte unter keinen Umständen dabei sein, um sich nicht wieder einem ihrer Anfälle auszusetzen. Es war ihm gleich, wo sie die Nacht verbracht hatte, wie sie zurechtkam oder was aus ihr werden würde. Wochenlang hatte er gelitten, sich in den Schlaf geweint und sich gefragt, warum sie ihn betrogen hatte. August musste zugeben, dass er ihr nach dem Unfall seiner Eltern seine kalte Seite gezeigt hatte, aber war das ein Grund, ihn zu betrügen?

Das Wartezimmer war gestopft voll, es war kein Sitzplatz zu ergattern, aber August gab sich damit zufrieden. Er stellte sich an das Fenster, denn die Luft in dem kleinen Raum war stickig, beinahe zum Schneiden. Das Husten und Niesen der anderen Patienten war ihm zuwider. Er wandte sich weiter dem Fenster zu und fragte sich, wie die anderen Patienten das nur aushielten. Jeder starrte mit gesenktem Kopf auf sein Smartphone und August wünschte sich die Zeit zurück, in der jeder noch in einer Zeitung geblättert hatte. Über diese Lemminge konnte August nur müde lächeln. Nur zwangsweise hatte er sich ein Smartphone zugelegt. Der Verkäufer hatte ihn beinahe fassungslos angestarrt, als er gehört hatte, dass es Augusts erstes sei. Er kam sich vor wie ein Dinosaurier. Längst ausgestorben. Etwa eine Stunde und ein leeres Wartezimmer später betrat die Sprechstundenhilfe den Raum.

„Herr Lehmann, bitte."

August folgte der Frau, die einen schwungvollen Gang hatte.

„Bitte setzen Sie sich. Der Chef kommt sofort."

Es war kühl, alle Fenster waren weit geöffnet. In einer Ecke stand ein Skelett, um dessen Hals ein Stethoskop hing und dessen Kiefer weit offen stand. Der Computer war an und August warf einen Blick darauf. Er lehnte sich weit nach vorne, um etwas zu erkennen. Just in diesem Moment ging die Tür auf. August machte auf dem Stuhl einen Hüpfer und sein Herz überschlug sich.

„Guten Morgen, August."

Doktor Benz war ein weißhaariger Mann mit Brille. Seine Hände waren mit Altersflecken übersät. Sein Lächeln war sanft, so wie es August aus seiner Kindheit kannte und es hatte sich bis heute nicht geändert. Benz setzte sich ihm gegenüber, runzelte die Stirn und warf einen Blick auf den Bildschirm. August konnte die Besorgnis in seiner Mimik erkennen und er wusste, worum es ging.

„Deine Werte sind eine Katastrophe. Dein Cholesterin und dein Blutfett steigen ins Unermessliche. Die Ergebnisse liegen jetzt seit zwei Monaten vor. Warum bist du nicht eher in die Praxis gekommen?"

„Ich hatte einfach keine Zeit."

„Soll das ein Witz sein? Du kannst mir nicht erzählen, dass du es in zwei Monaten nicht geschafft hast vorbeizukommen? Was ist bei dir los? Oder soll ich dich wieder an den Ohren ziehen, so wie ich es als kleiner Junge bei dir gemacht habe, als du von der Scheune in einen Heuballen gesprungen bist und dir das Bein gebrochen hast."

„Es ist viel passiert. Ich habe mich von Luise getrennt und ich bin zum Kommissar befördert worden."

Benz klatschte freudig in die Hände.

„Das ist ja großartig. Ich gratuliere dir. Erinnerst du dich noch an meine Worte?"

„Ja, ich weiß es noch. Du wirst einmal ein ganz Großer werden." August schmunzelte.

„Du hast es dir verdient. Ich bin stolz auf dich und deine Eltern wären es auch."

Für einen Augenblick war es still. Bilder seiner Mutter rasten vor seinem geistigen Auge vorbei. Wie sie ihn am Arm gepackt und in die Praxis geschleift hatte, weil August fürchterliche Angst vor einem Arztbesuch hatte. Er hatte sich das Knie aufgeschlagen, als er versucht hatte, auf ein Pferd zu steigen, das ihn um zwei Meter überragte.

„Ja, das wären sie", flüsterte August.

„Ich werde dir jetzt Statine verschreiben. Du musst sie jeden Tag nehmen, um deine Werte zu senken. In sechs Wochen kommst du zur Kontrolle. Rauchst du noch?"

„Gelegentlich."

„Lass es sein."

Zum Abschied legte Benz seine Hand auf Augusts Schulter und drückte fest zu.

„Gib auf dich acht und versäume nicht deinen nächsten Termin. Ich will, dass du lange gesund bleibst."

„Versprochen."

Sein Wagen schlängelte sich durch das Bahnhofsviertel. Es war ein eigenartiges Bild, das sich ihm bot. Menschen, die ihren täglichen Pflichten nachkamen einerseits, und die Drogenabhängigen, die jeden Tag ums Überleben kämpften, andererseits. Kurzentschlossen trat August auf die Bremse und im selben Moment ertönte ein Hubkonzert der anderen Autofahrer. Wild fuchtelte der Hintermann mit den Armen.

„Ist ja gut", schimpfte August und parkte seinen Wagen. Sein Weg führte ihn in die Niddastraße. Mit einem beklemmenden Gefühl ging August den Fußweg entlang, immer mit wachem Blick. Kleine Grüppchen von Süchtigen bildeten sich am Rand, die sich in aller Seelenruhe einen Schuss setzten. Eine Frau, die in einem besonders schlechten Zustand war, setzte die Spritze an ihrer Halsschlagader an. Ihr Körper war gezeichnet von den Drogen. Ihr Gesicht war übersät mit offenen Stellen, die sich bereits entzündet hatten. Ihre Zähne waren gelb und brüchig. Die Fingernägel bis aufs Fleisch abgenagt. Der Typ, der neben ihr stand, zappelte ungeduldig. Mit nacktem Oberkörper hüpfte er auf und ab und schrie immer wieder: „Jetzt gib mir die verdammte Spritze!"

August ging weiter. Er suchte die gesamte Straße ab, aber Simon war nicht zu sehen. Es blieb nur noch das Abrisshaus übrig. Dort versteckte sich Simon, um in Ruhe seinem Konsum nachzugehen, das wusste er mit Sicherheit, denn Simon hatte es ihm erzählt, als er noch halbwegs bei klarem Verstand war.

Das Dach war teilweise abgedeckt, die Fenster eingeschlagen. Aus dem Gebäude drang ohrenbetäubende Musik. August bahnte sich seinen Weg in den dritten Stock. Immer wieder trat er auf gebrauchte Spritzen, zerbrochenes Glas und ein abartiger Gestank hing in der Luft. Die Wände waren mit Kot und Graffitis verschmiert. Verkümmerte Körper kauerten in den Ecken. Immer weiter führte der Weg nach oben und die Musik schmerzte in seinen Ohren. August erreichte das Ende der Treppe und sah seinen Bruder Simon. Nur in Unterhosen bekleidet, saß er auf einer schmuddeligen Matratze. In der Hand hielt er eine Crackpfeife. Weißer Rauch stieg nach oben und roch nach verbranntem Polystyrol. Simons Körper war vom Drogenkonsum schwer gezeichnet. Er war völlig abgemagert, seine Knochen ragten unter seiner grauen Haut hervor. Das braune Haar dünn und zerzaust.

„Simon“, rief August streng. Der ließ vor Schreck die Pfeife fallen und das Klirren donnerte in Simons Ohren. Regungslos starrte er auf den Boden, dann wanderte sein toter Blick zu August. Sein Atem ging heftig und stoßweise. Er fletschte die Zähne wie ein wildes Tier und rannte mit einer ungewöhnlichen Geschwindigkeit auf August zu. Seine eiskalten Hände umklammerten Augusts Hals, doch sein Griff war nicht kräftig. Es war ein Leichtes für August, seinen Bruder abzuschütteln und ihn von sich zu stoßen. Simons geschwächter Körper prallte auf den Boden und im selben Moment weinte er wie ein kleines Kind. Er rollte sich wie ein Fötus zusammen. In seinem Inneren zerriss es August. Es brach ihm das Herz, seinen Bruder in diesem Zustand zu sehen und mit aller Kraft versuchte er gegen die Tränen anzukämpfen. August kniete sich neben seinem Bruder. Nur zögerlich berührte er den geschundenen Körper.

„Bitte komm mit mir und lass dir helfen“, redete August auf ihn ein, doch Simon befreite sich aus seiner Berührung.

„Verschwinde und lass mich allein. Ich brauche deine Hilfe nicht“, zischte Simon.

„Der Tod wird dich irgendwann holen. Ist es das, was du willst?“

Simon rappelte sich auf.

„Vielleicht ist der Tod besser. Ich ertrage diese Welt nicht mehr. Mit all den Menschen darin, die sich einen Scheiß um mich scheren.“

„Ich bin hier und ich will dir helfen, warum verstehst du das nicht? Warum wehrst du dich so dagegen?“

„Du warst nie für mich da. Du warst immer Mamas Liebling, hast dich einen Dreck für mich interessiert. Du bist mein großer Bruder, aber du hast mich aus deinem Leben ausgeschlossen. Papa war immer so stolz auf dich, aber mich hat er kaum beachtet."

Ein Blick in die Vergangenheit verriet August, dass sein Bruder recht hatte. Er war immer der gute Sohn gewesen. Der fleißige und rechtschaffene, während sich Simon immer dem, was sein Vater ihm aufgetragen hatte, widersetzte. Er hatte sich an keine Regeln gehalten, war nächtelang fortgeblieben und hatte sich keine Gedanken gemacht, dass seine Eltern krank vor Sorge daheim auf ihn warteten. August überkam ein Schuldgefühl, das schlechte Gewissen brannte unter seiner Haut. Simon hatte recht. Er hätte seinen kleinen Bruder an die Hand nehmen müssen, um ihm seine Welt zu zeigen.

„Es tut mir aufrichtig leid", sagte er und reichte ihm dabei seine Hand. Simon zögerte. Er stand vor einer Entscheidung, die sein Leben für immer verändern würde. Sein Körper schrie nach den Drogen, doch sein Herz wünschte sich nichts sehnlicher als die Zuwendung seines großen Bruders. Simon nahm Augusts Hand und fiel ihm weinend in die Arme. August hielt ihn, so fest er konnte.

„Ich bringe dich nach Hause."

Simon versteckte seine Hände zwischen den Knien. Unkontrolliert zuckte sein Körper und es schüttelte ihn, als würde er im tiefen Sibirien feststecken und das nur in Unterhosen bekleidet. Immer wieder blickte August auf seinen Bruder und ihm war klar, dass ein Drogenabhängiger unberechenbar sein konnte. Die Sucht kontrollierte Simon und er war zu allem bereit, nur für den nächsten Schuss. August war sich nicht sicher, ob das die richtige Entscheidung gewesen war.

Als August den Wagen in der Auffahrt parkte, starrte Simon auf das Haus. Es schien eine Ewigkeit her zu sein. Er versuchte, sich zu erinnern, doch er wusste nicht mehr, wann er das letzte Mal hier gewesen war.

„Worauf wartest du? Steig aus."

Simon tat, wie ihm geheißen wurde. Immer noch fröstelnd rieb er sich die Oberarme und nur zögerlich schritt er den Kiesweg entlang. August öffnete die Tür.

„Nun komm schon", forderte er Simon auf.

Simon betrat das Haus und die Erinnerung traf ihn wie ein Hammerschlag. In der Ferne hörte er das Brüllen seines Vaters, das klägliche Weinen seiner Mutter und abrupt blieb er stehen. Er wollte keinen Schritt weiter wagen.

„Ich kann das nicht. Ich kann nicht in dieses Haus zurückkehren. Es ... es steckt voller schlechter Erinnerungen."

August schob ihn sanft weiter den Flur entlang.

„Doch du kannst."

„Wo ist Luise? Ist sie auch hier? Ich will nicht, dass sie mich so sieht."

„Mach dir keine Sorgen. Sie ist nicht hier und sie wird auch nicht zurückkommen."

Simon runzelte die Stirn.

„Warum? Was ist denn passiert?"

„Das ist eine lange Geschichte, die ich aber jetzt nicht erzählen will. Es ist auch so schon schwer genug. Du nimmst jetzt ein heißes Bad und ich bestelle uns Pizza.

Gleich danach werde ich mich um einen Platz in der Klinik für dich kümmern."

„Eine Entgiftung?"

„Ja, natürlich, oder hast du gedacht, ich hole dich nach Hause und du bleibst weiterhin abhängig?"

Simon senkte seinen Kopf.

„Nein. Aber ... Ich weiß nicht, ob ich das durchstehe."

„Ich habe dich oft genug im Stich gelassen. Ich bin für dich da und ich helfe dir, das durchzustehen."

Während Simon im Badezimmer verschwand, telefonierte August mit der Entzugsklinik. Zu seiner Enttäuschung gab es für die nächsten Tage kein freies Bett. Kaum hatte August zähneknirschend aufgelegt, klingelte sein Smartphone. Es war Friedrich, den er völlig vergessen hatte. Er ließ ihn gar nicht zu Wort kommen.

„Friedrich. Es tut mir leid. Ich bin schon auf dem Weg."

„Das will ich dir auch geraten haben", knurrte dieser und legte sofort auf. August nahm die Treppe nach oben und klopfte an die Tür.

„Simon? Alles in Ordnung da drin?"

Stille.

„Simon? Darf ich reinkommen?"

„Ja, komm nur rein."

Heißer Dampf schlug ihm entgegen, der Spiegel war beschlagen.

„Ist das nicht etwas zu heiß?"

Alles, was August sah, war ein Berg aus Schaum und irgendwo darunter steckte Simon.

„Ich muss ins Präsidium. Kommst du zurecht?"

„Du kannst ruhig gehen."

August misstraute Simon, so sehr er auch daran glauben wollte, dass er Simon aus den Fängen der Drogen befreien konnte. Mit einem mulmigen Gefühl verließ August das Haus. Er zermarterte sich den Kopf darüber, ob er seinen Bruder hatte alleine lassen dürfen. Im Büro angekommen, schritt August zügig über den Flur, doch gerade, als er sich in Sicherheit wiegte, drang eine strenge Stimme in sein Ohr. August blieb stehen und rollte mit den Augen.

„Lehmann. Sofort in mein Büro."

„Verdammt", flüsterte er. Sommer saß hinter seinem Schreibtisch, die Hände zu einem Dreieck gefaltete.

„Wo zum Teufel haben Sie gesteckt?"

August wusste, dass es keinen Zweck hatte, Sommer von seinem Privatleben zu berichten. Sorgen persönlicher Art hatten am Arbeitsplatz keinen Raum. August versuchte erst gar nicht, sich vor seinem Vorgesetzten zu rechtfertigen.

„Es kommt nicht mehr vor. Bitte entschuldigen Sie."

„Muss ich meine Entscheidung bereits jetzt infrage stellen?"

„Nein, auf keinen Fall."

„Wo waren Sie und warum haben Sie niemanden informiert?"

„Es war ein persönlicher Notfall."

„Ein Notfall? Welcher Art?"

„Ich möchte mich dazu nicht weiter äußern. Es wird nicht mehr vorkommen."

Sommer nickte.

„Gut. Wie weit sind die Ermittlungen?"

„Bis jetzt haben wir noch keine Spur, die zum Täter führt. Wir werden den ehemaligen Lebensgefährten des Opfers noch weiter unter die Lupe nehmen."

Sommer winkte ihn mit einer Handbewegung aus seinem Büro. August atmete erleichtert auf. Wie pflegte sein Vater immer stets zu sagen?

„Du hast mehr Glück als Verstand, mein Junge."

Auf seinem Schreibtisch lag eine Nachricht von Friedrich, dass er sich auf den Weg zu Opitz machte und dort auf ihn wartete. Gerade als August das Büro verlassen wollte, kam ihm Lara entgegen. In der Hand hielt sie einen Stapel Papiere und trotz ihrer High Heels war es für sie kein Problem die Balance zu halten. Sie trug eine weiße Bluse. Die oberen Knöpfe waren offen. Der schwarze Bleistiftrock lag eng an ihrer Haut. Ihr blutroter Mund formte sich zu einem Lächeln, als sie August sah.

„Hallo, August. Wie geht es dir?"

„Es geht mir gut."

August konnte nicht anders, als auf ihren Ausschnitt zu starren. Lara wusste ihre Reize gekonnt einzusetzen und dass August auf ihre Brust starrte, war ihre Absicht. Seit Jahren wünschte sie sich nichts sehnlicher als seine Aufmerksamkeit.

„Ich ... ich muss gehen. Friedrich erwartet mich."

„Oh, dann möchte ich dich nicht aufhalten. Ich wünsche dir einen schönen Tag", sagte Lara mit einem Lächeln und blickte ihm nach. August lief rasch die Treppe herunter und schüttelte dabei seinen Kopf.

„Verdammt. Hör endlich auf, den Frauen auf die Brust zu glotzen. Du bist doch kein Höhlenbewohner."

Wenig später stand August vor Opitz' Wohnung. Friedrich wartete bereits vor der Tür und schaute ungeduldig auf seine Uhr. Noch bevor August irgendetwas sagen konnte, kam ihm Friedrich zuvor.

„Ich will gar nicht wissen, wo du schon wieder gesteckt hast."

August ersparte sich jegliche Rechtfertigung und nickte schuldbewusst.

„Also, wo warst du?"

August glotzte Friedrich verdattert an.

„Aber du hast gerade gesagt ..."

„Ja, ja, ich weiß, was ich gesagt habe. Also."

„Ich habe meinen Bruder gesucht. Ich ertrage den Gedanken nicht mehr, dass er irgendwann an seiner Sucht draufgehen wird. Ich habe ihn zu mir geholt und ich hoffe, dass er bleibt."

„Ich verstehe. Wollen wir hoffen, dass du recht behältst."

Die Unterhaltung hatte erneut einige neugierige Bewohner an ihre Fenster gelockt. August konnte ein Augenpaar sehen, das die beiden genau durch eine Jalousie beobachtete. August ging in die Offensive und trat an das Fenster im Erdgeschoss.

„Kann ich Ihnen behilflich sein?"

Die Jalousie schnalzte zu und der Gaffer verschwand vom Fenster. Friedrich drückte den Knopf der Klingel. Nichts. Erneut drückte er und es blieb still. Die Anwesenheit der Kommissare blieb nicht unbemerkt und plötzlich wurde die Tür mit einem heftigen Schwung aufgerissen. Vor ihnen stand eine ältere Frau in einem geblümten Haushaltskittel. Ihr Haar war unter einem Kopftuch versteckt. Das Gesicht der Frau lag in tiefen

Falten, die Bände sprachen. Sie schien erschöpft und ihre Augen zeigten eine deutliche Traurigkeit.

„Was wollen Sie?“, fragte die Frau mit einer rauen, rauchigen Stimme. Ihr Atem roch penetrant nach Alkohol.

„Wir sind von der Polizei. Wir müssen mit Linus Opitz sprechen“, antwortete August.

„Ach ja, der Penner aus dem ersten Stock“, sagte die Frau gelangweilt.

„Sie kennen Herrn Opitz?“, fragte August. Die Frau zog an ihrer Kopfbedeckung und graues Haar kam zum Vorschein. Die Kopfhaut war übersät mit kahlen, entzündeten Stellen.

„Hier kennt jeder jeden. Was hat er denn angestellt?“, fragte sie neugierig.

„Das besprechen wir mit Herrn Opitz selbst.“

„Wie Sie meinen“, sagte sie und zuckte mit den Schultern.

Die beiden Kommissare nahmen die Treppe in den ersten Stock und August klopfte kräftig gegen die Tür.

„Herr Opitz? Sind Sie da?“

August lehnte sein Ohr an die Tür und vernahm ein leichtes Stöhnen.

„Ja, verdammt. Ich komme ja schon.“

Die Tür wurde geöffnet und der Gestank, der aus der Wohnung drang, erschlug die beiden. August konnte nicht anders, als angewidert das Gesicht zu verziehen. Linus stand nur in Unterhosen vor ihnen. In seinen Mundwinkeln sammelte sich der Speichel, sein Haar vermutlich seit Tagen nicht gewaschen und der Geruch, der ihn umgab, klebte hartnäckig an ihm.

„Wir müssen noch einmal mit Ihnen sprechen.“

Linus verdrehte die Augen, lehnte sich gegen den Türrahmen.

„Was ist denn noch? Sehen Sie nicht, dass ich nicht dazu in der Lage bin?"

August vernahm hinter sich ein leises Quietschen. Wieder ein wissbegieriger Nachbar, der seine Zeit nicht anders zu nutzen schien.

„Können wir in Ihrer Wohnung sprechen?"

Linus gab den Weg frei und es war keine Überraschung, dass die Wohnung in einem desolaten Zustand war. Das Tageslicht war in diesen Räumen nicht erwünscht, alle Fenster waren verschlossen und die Vorhänge fest zugezogen. Linus stolperte über Dutzende leere Flaschen. Er ließ sich auf das Sofa fallen und kratzte sich im Schritt. August ersparte sich ein unverständliches Kopfschütteln.

„Warum haben Sie uns nicht gesagt, dass Sie im Golden Palace waren, um ihre Freundin dort rauszuholen?", fragte August.

„Spielt das denn noch eine Rolle? Emilia ist tot und nichts wird das ändern. Ob ich da war oder nicht."

„Wie haben Sie sich das vorgestellt? Dass Leopold Moll Emilia einfach freigibt?"

„Ich habe keine Ahnung", brüllte Linus. „Aber vielleicht hätte ich sie retten können und sie wäre noch am Leben", wimmerte Linus.

„Haben Sie noch einmal nachgedacht? Irgendjemand, der Emilia das angetan haben könnte."

„Nein, ich weiß es nicht."

„Denken Sie nach. Sie wurde mitten in der Nacht an einem öffentlichen Ort ermordet. Es muss jemand gewesen sein, dem sie vertraut hat, den sie gekannt hat."

Friedrich war von der Trauer, die Linus vorgab, nicht überzeugt. Für ihn lieferte Linus genug Gründe, Emilia ermordet zu haben.

„Wo waren Sie zum Tatzeitpunkt?“, fragte Friedrich. Linus runzelte die Stirn.

„Was meinen Sie? Sie glauben doch nicht etwa, dass ich meine Emilia ermordet habe.“

„Wir müssen jedem Verdacht nachgehen und Sie liefern mir mit ihren Aussagen ein Motiv. Sie hat sich von Ihnen getrennt, sie wollte nicht mit Ihnen leben und auf keinen Fall ein Kind mit Ihnen. Sie waren wütend und waren verletzt. Ihre Eifersucht hat ihre Sinne vernebelt.“

„Aber deswegen bringe ich doch meine Freundin nicht um“, brüllte Linus.

„Wo waren Sie?“, fragte Friedrich mit Nachdruck.

„Ich war hier. Und ja, ich war alleine. Niemand kann das bezeugen.“

Friedrich übte weiter Druck auf Linus aus, doch der beteuerte, dass er Emilia geliebt habe und ihr nie Schaden habe zufügen wollen. August glaubte seinen Worten, doch es ging nicht um sein persönliches Empfinden. Ratlos verließen die beiden Kommissare die Wohnung.

„So kommen wir nicht weiter“, sagte Friedrich fest.

„Da hast du recht. Wir haben nicht den geringsten Anhaltspunkt.“

August schaute auf die Uhr.

„Wir müssen noch einmal in die Pathologie. Magda Schwarz muss ihre Tochter identifizieren.“

„Das hatte ich beinahe vergessen.“

Dort angekommen, hockte Magda Schwarz mit hängenden Schultern auf dem Stuhl. Als sie die Kommissare sah, fiel es ihr schwer, aufzustehen. In diesem grellen Licht, schien sie um Jahre gealtert zu sein. August reichte ihr die Hand.

„Guten Tag, Frau Schwarz. Wie geht es Ihnen?"

„Wie soll es mir schon gehen", seufzte sie. „Können wir das schnell hinter uns bringen?"

August blickte verdutzt auf die gebrechliche Frau. Fühlte diese Frau keinen Schmerz? Kein Bedauern, dass ihr einziges Kind gestorben war?

„Folgen Sie mir bitte."

Der leblose Körper lag auf dem Tisch, bedeckt mit einem grünen Tuch. Wolfgang verschränkte seine Hände hinter dem Rücken. Magda trat an den Tisch heran. Ihre Mimik war starr und kalt. Wolfgang legte das Tuch zurück. Die Spuren des Verbrechens, waren noch deutlich zu sehen. Magda blickte auf ihre Tochter, kräuselte den Mund.

„Ja, das ist sie", murmelte sie. August nickte Wolfgang zu und er legte das Tuch zurück.

„Kann ich jetzt gehen?", fragte Magda gleichgültig. August presste seine Kiefer zusammen. In seinem Inneren brodelte es. Nur zu gerne hätte er Magda gepackt und kräftig durchgeschüttelt, sie geohrfeigt und angebrüllt.

„Ja", antwortete August und blickte ihr wutentbrannt nach.

Es brannte kein Licht und August beschlich ein ungutes Gefühl. Er ahnte bereits, was ihn erwarten würde. Er betrat das Haus und die Stille war allgegenwärtig.

„Simon?“, rief August, in der Hoffnung, dass er eine Antwort bekommen würde, doch es blieb beunruhigend still. Schnellen Schrittes betrat August das Wohnzimmer, schaltete das Licht ein und sein erster Blick fiel auf den Schreibtisch. Der Laptop war nicht mehr an seinem Platz. Sein Atem beschleunigte sich, das Herz schlug ihm bis zum Hals. August rannte in den ersten Stock ins Schlafzimmer. Oben angekommen wartete auf ihn das reinste Chaos. Alle Schubladen waren durchwühlt. Kleider lagen auf dem Boden und die Schranktüren standen offen. Auf dem Boden lag die Schmuckschatulle seiner Mutter und wie August es erwartet hatte, war sie leer. Simon hatte alles genommen und sich aus dem Staub gemacht. August schlug die Hände über den Kopf zusammen. Wie konnte er nur so naiv gewesen sein, zu glauben, dass sein Bruder wirklich von den Drogen loskommen wollte. Ein Gefühl der Schuld und des Versagens flutete seinen Körper. Ihm wurde klar, dass er seinen Bruder verloren hatte. Simon hatte die letzten Erinnerungen an seine Mutter gestohlen.

KAPITEL 8

Die Tage vergingen und es gab kein Lebenszeichen von Simon. Immer wieder suchte August die Plätze auf, an denen er seinen Bruder vermutete, doch er war wie vom Erdboden verschluckt. Die Angst im ihm wuchs, dass Simon in irgendeiner Gasse tot am Boden liegen könnte. Dahingerafft von einer Überdosis. August suchte einen windigen Pfandleiher auf, von dem er wusste, dass er alles in Zahlung nahm. Hinter dickem Glas hockte ein dickbäuchiger, kleiner Zwerg, der sich die Finger ableckte, um sein Geld zu zählen. Sein schmieriges, breites Grinsen, ließ gelbe Zähne zum Vorschein kommen. Seine Fingernägel waren bis zum Fleisch abgenagt. August klopfte gegen die Scheibe. Der Zwerg hob den Kopf und glotzte August an. Er wuchtete seinen massigen Körper vom Stuhl und kratzte sich dabei den Hintern. Ohne Umschweife hielt August ein Foto von Simon gegen die Scheibe.

„Hast du diesem Mann in den letzten Tagen Schmuck abgenommen?"

Der Zwerg formte seine Augen zu dünnen Schlitzen.

„Nee, hab ich noch nie gesehen."

August schnaufte. Er war sich sicher, dass Simon hier gewesen war, um den Schmuck zu Geld zu machen.

„Sieh genau hin", brüllte August.

„Mann, was willste von mir. Ich hab diesen Drogensüchtigen noch nie gesehen."

Er hielt August doch tatsächlich für beschränkt. Der Zwerg wusste genau, von wem er sprach. Augusts Geduldsfaden war bis zum Zerreißen gespannt, er ballte die Faust und schlug auf das Glas ein. Der Zwerg wich erschrocken zurück.

„Ich frage dich ein letztes Mal. Hast du ihm Schmuck abgenommen."

„Ja, jetzt wo ich ihn sehe, da fällt es mir doch wieder ein", sagte er kleinlaut.

„Wann?"

„Es war vor zwei Tagen. Er hat ordentlich Schmuck dagelassen."

„Wie viel hast du ihm gegeben?"

„Das waren so um die 3000 Euro."

Das Blut in seinem Körper sackte ab. Simon hatte den gesamten Schmuck seiner Mutter versetzt. Die Wut in ihm brodelte. Sein Bruder hatte all die Erinnerungen verscherbelt, um seinen Drogenkonsum zu finanzieren. Diese Gefühlskälte hatte er nicht erwartet. Simon hatte sich nicht geändert. Er war derselbe Egoist, wie vor 15 Jahren und es war ihm gleich, ob er andere damit ins Verderben stürzte.

Ein grollender Donner unterbrach die Stille der Nacht, doch für August machte das keinen Unterschied. Er wälzte sich seit Stunden hin und her, aber der Schlaf mied ihn. Mit den Gedanken nur bei seinem Bruder versuchte er krampfhaft die Bilder aus seinem Kopf zu verdrängen. Er spürte, dass etwas nicht stimmte. Ihre Bindung war noch nie besonders innig, aber das Band, das zwischen den Brüdern herrschte, war noch nicht gekappt. Gerade als August nach quälenden Stunden endlich die Augen zugefallen waren, klingelte das Telefon. Er schreckte auf, warf die Decke zurück und lief die Treppe herunter. Sein Atem ging schwer. Wer rief um diese Uhrzeit an?

„Lehmann“, keuchte er.

„August, hier spricht Gerald. Ich muss ... ich muss dir etwas sagen.“

Augusts Knie zitterten, sein gesamter Körper gab nach und er musste sich auf den Tisch stützen. Er ahnte bereits, dass etwas Schlimmes geschehen war.

„Was ist passiert?“, fragte er mit bebender Stimme und dabei war die Antwort bereits gefallen.

„Dein Bruder Simon. Du solltest schnell kommen. Wir sind im Bahnhofsviertel, Niddastraße.“

Völlig kopflos stolperte August aus dem Haus, stieg in den Wagen und fuhr mit quietschenden Reifen in die Stadt. Grelle Blitze erhellten die Nacht und der darauffolgende Donnerschlag war ohrenbetäubend. Der Himmel öffnete seine Schleusen und heftiger Niederschlag prasselte auf die Windschutzscheibe ein. August konnte kaum noch etwas erkennen, doch sein Fuß wich nicht vom Gas. Die verzerrten Lichter der Ampel blendeten ihn.

Von Weitem konnte er eine Menschenmenge erkennen, die einen Halbkreis bildete. Mit Blei in seinen Beinen ging August auf diese zu. Sein Blick wanderte zu seinen Füßen, die sich scheinbar rückwärts bewegten. Es kam ihm so vor, als ob er nicht vorwärts kommen würde. Der Regen hatte seine Kleidung durchnässt und das Wasser lief an seiner Nasenspitze herunter. Das Blaulicht des Polizeiwagens schmerzte in seinen Augen. Er bückte sich unter die Absperrung durch und schemenhaft konnte er einen Körper erkennen, der am Boden lag. Weit entfernt drang ein Raunen in sein Ohr, alles bewegte sich in Zeitlupe. Ein junger Kollege von der Wache kam ihm entgegen. August sah, wie sich sein Mund bewegte, doch die Worte erreichten sein Gehör nicht. Er lief weiter, er spürte einen Druck auf seinen Oberarm. Leblos lag Simon auf dem nassen Boden. Die Augen waren weit aufgerissen. Vom Grauen betäubt, beugte sich August über Simons Körper. Sein Hemd war offen und August sah, dass seine Brust mit Stichverletzungen übersät war, aus denen noch das warme Blut sickerte. Er nahm seine leblose Hand in seine und schrie. Er schrie so laut, bis seine Kehle brannte.

KAPITEL 9

Mit gesenktem Kopf hockte August auf dem Stuhl. Der Schmerz über den Verlust seines Bruders ließ ihn kaum atmen. Ludger Sommer legte seine gefalteten Hände auf dem Schreibtisch ab. Mühsam suchte er nach den angemessenen Worten, aber er wusste, dass nichts die Situation verbessern würde. Ludger atmete durch die Nase und verzog schmerzverzerrt sein Gesicht. Am gestrigen Abend war er mit seiner Frau in einen Streit geraten und sie hatte ihm wütend ein Buch ins Gesicht geworfen, das direkt auf seine Nase gelandet war.

„Herr Lehmann, ich werde Sie in den Urlaub schicken. Ich möchte außerdem, dass Sie mit unserem Psychologen sprechen."

August hob den Kopf. Auch ihm entging nicht, dass der Nasenrücken seines Chefs blau angelaufen war.

„Sie schicken mich in den Urlaub?", fragte August mit matter Stimme.

„Sie haben richtig gehört. Sie brauchen eine Auszeit. Der Termin beim Psychologen steht. Nächste Woche um 9 Uhr. Ich bitte Sie, den Termin einzuhalten."

Ohne ein weiteres Wort verließ August das Büro seines Chefs und schleppte sich zu seinem Schreibtisch. Er ließ sich auf den Stuhl fallen und sein Blick wanderte über den Papierkram, der sich zu einem Berg gestapelt hatte. Mit ausgestrecktem Arm fuhr er über den Schreibtisch und sämtliche Papiere landeten auf dem Boden. Friedrich beobachtete das Szenario und eilte zu seinem Partner. Er verlor nicht viele Worte, sondern packte August, der sich ohne jeglichen Widerstand aus dem Büro entfernen ließ. Mit betroffenem Blick sah Lara den beiden nach. Sie spürte ein tiefes Bedürfnis, genau jetzt für August da zu sein, aber er würdigte sie keines Blickes und sie presste die Mappe, die sie trug, fest an ihre Brust.

Die Sonne stand hoch am Himmel, der Parkplatz vor dem Revier war wie leer gefegt. Friedrich drückte August in den Autositz, der keine Regung zeigte. Ihm wurde klar, dass August an einem Punkt angekommen war, an dem er sich verloren hatte.

Friedrich bog in die Straße ein, die zur Siedlung führte. Einige Nachbarn, die in ihren Gärten das Unkraut jäteten, hoben ihre Köpfe und blickten stumm auf den Wagen. Er parkte den Wagen in der Einfahrt, schnallte sich ab und legte seine Hand auf die Schulter seines Partners. August brach in Tränen aus.

„Mir ist nichts geblieben“, schluchzte er und selbst Friedrich, der immer stets gefasst war, kämpfte mit den Tränen.

„Wir werden den Mörder deines Bruders finden, das verspreche ich dir.“

Völlig neben sich lag August auf dem Sofa. Leere Bierflaschen umringten das Sofa und den Tisch. Seine Augen waren rot umrandet und sein Bart wuchs wie Unkraut in seinem Gesicht. Er wusste, dass der Termin beim Psychologen verstrichen war, aber er hatte nicht das Verlangen, mit jemanden zu sprechen. Ein pochender Schmerz floss durch seine Adern und fesselte ihn. Immer wieder brach er in Tränen aus. Er hatte alle Menschen, die er geliebt hatte, verloren. Ihm war nichts geblieben und der Gedanke daran jagte ihm Angst ein. Es klingelte an der Tür. August starrte weiter auf die Mattscheibe und reagierte nicht. Wieder und wieder klingelte es in immer kürzeren Abständen.

„Verdammte Scheiße“, grummelte August. Er schlurfte zur Tür und riss diese auf. Das Sonnenlicht blendete ihn und brannte in seinen Augen. Seit Tagen hatte er das Haus nicht mehr verlassen und zog sich immer mehr zurück. Luise stand vor ihm. Neben ihr, auf dem Boden, standen Einkaufstaschen. August lehnte sich gegen den Türrahmen.

„Warum bist du hier?“, fragte August, obwohl er die Antwort bereits kannte.

„Ich will dir helfen. Ich musste in der Zeitung lesen, was passiert ist. Warum hast du dich nicht gemeldet?“

„Das fragst du im Ernst? Wir sind getrennt. Mein Leben geht dich nichts mehr an. Ich bitte dich inständig. Verschwinde und halt dich aus meinem Leben raus.“

„Es war auch meine Familie“, sagte sie trotzig

„Deine Familie? Du hast dich doch nie für meinen Bruder interessiert. Du hast immer nur über ihn geschimpft. Ihn einen Versager genannt.“

Verlegen blickte Luise zu Boden. August hatte recht. Sie hatte nie ein gutes Wort für Simon übrig. Sie hatte sich Simon gegenüber überlegen gefühlt und ihn das nur zu oft spüren lassen. Als er immer mehr in den Drogensumpf geraten war, hatte sie über seine Schwäche gelacht. Sie hatte nicht erkannt, dass der Schmerz die Kontrolle übernommen und er den Tod seiner Eltern nie verwunden hatte. Luise besaß kein Fünkchen Empathie und dachte nur an sich und ihr Wohlergehen.

„Ich weiß“, flüsterte sie kleinlaut

„Geh bitte“, sagte August aber sie ließ sich nicht abwimmeln. Sie wollte August beweisen, dass sie sich geändert hatte und drückte sich mit den Einkaufstaschen an ihm vorbei.

„Du bist so verdammt stur“, sagte August, doch tief in seinem Inneren war er dankbar, dass er nun nicht mehr alleine war. Luise räumte die Einkäufe in den Kühlschrank, bezog die Betten und putzte das Haus. Ein ungewöhnlicher Anblick für August. Noch nie hatte er seine Frau so selbstlos erlebt. Luise nahm seine Hand und führte ihn ins Badezimmer. Sie drückte ihn auf den Toilettensitz.

„Du brauchst dringend eine Rasur. Du siehst aus wie ein Bär. So kenne ich dich gar nicht“, grinste Luise und August ließ sich für einen Augenblick mitreißen.

„Das stimmt.“

Luise bedeckte seine Wangen, sein Kinn und seinen Hals mit Rasierschaum. Behutsam fuhr sie mit dem Rasierer über sein Gesicht und war ihm ganz nah. August schloss die Augen; ihr Duft war ihm so vertraut. Seine Hände berührten zögerlich ihr Shirt. Er zog es hoch und zum Vorschein kam ihr flacher Bauch. Doch Augusts Erinnerung ließ sich nicht verdrängen. Abrupt ließ er von ihr ab und drückte sie von sich weg.

„Ich kann das nicht. Ich kann nicht vergessen, was du getan hast.“

Er nahm ihr den Rasierer aus der Hand und stellte sich vor den Spiegel. Den Kopf gesenkt, stützte er sich auf das Waschbecken.

„Es wäre besser, wenn du gehst. Ich brauche deine Hilfe nicht“, sagte August mit trockenem Mund. So sehr er auch seine alten Gefühle aufleben lassen wollte, sträubte sich alles in ihm. Er konnte Luise nicht verzeihen.

„Ich bitte dich, August. Ich kann dich nicht alleine lassen. Ich werde bleiben. Ich werde mich um dich kümmern."

Er drehte sich um, blickte Luise in die Augen, doch alles, was er sah, war der Fremde, der seine Frau berührt hatte und mehr. Ekel stieg in ihm auf, wenn er daran dachte.

„Bitte geh einfach. Mach es nicht noch schlimmer." Luise hatte alles versucht, doch auch sie musste einsehen, dass ihr Mann sich von ihr abgewandt hatte. Wortlos verließ sie das Badezimmer und August hielt sie nicht davon ab.

Es war beinahe Mitternacht, doch er fand keinen Schlaf. Auf dem Sofa wälzte er sich hin und her. Die grausamen Bilder vor seinem geistigen Auge ließen ihm keine Ruhe. Immer wieder sah er Simon am Boden liegen und wie das Blut aus seinen Wunden sickerte. Wie er seine leblose Hand hielt und wieder brach er in Tränen aus.

Es war ungewöhnlich kühl, ein eisiger Wind pfiff zwischen den Grabsteinen. Erstarrt stand August vor dem offenen Grab. Ein einfaches Loch, in der die toten Körper zu Kompost wurden. Er spürte, wie die Luft in seinen Lungen immer dünner wurde. Friedrich und alle anderen Kollegen waren gekommen, um ihm in dieser schweren Zeit zur Seite zu stehen. August wagte einen Blick auf all diese Menschen und ihm fiel auf, dass niemand unter ihnen war, der Simon wirklich nahegestanden hatte. Er hatte alle in seiner Nähe vertrieben.

Die Droge war der einzige Freund, der Simon geblieben war. Der Pfarrer hielt die Bibel vor seiner Brust. Der Wind, der ihm ins Gesicht schlug, ließ seine Wangen erröten. Ohne dass August es bemerkte, näherte sich Lara. Sie trug ein schwarzes Etuikleid. Die Kälte schien ihr nichts anzuhaben. Sie stellte sich neben ihn und hakte sich in seinem Arm ein.

„Wir sind alle für dich da", sagte sie unter Tränen. August blickte in ihr trauriges Gesicht, hob seine Hand und fuhr sanft über ihre Wange.

„Das weiß ich doch."

Sie bemerkten nicht, dass Luise mit einer zornigen Miene die Situation mit Argusaugen verfolgte. Eifersucht stieg in ihr auf und sie war kurz davor, Lara an die Kehle zu springen und ihr die Augen auszukratzen.

Nach der Grabrede wurde der Sarg in die Erde gelassen. August spürte, wie seine Knie langsam nachgaben, und er klammerte sich an Lara, um nicht zusammenzubrechen. Sie hielt ihn so fest, wie sie nur konnte, und insgeheim genoss Lara diesen Moment, in dem er sie brauchte. Sie war ihm so nahe wie nie zuvor. August blieb noch eine Weile vor dem offenen Grab stehen und erst jetzt realisierte er, dass sein Bruder nie mehr zurückkehren würde.

Alle versammelten sich in Augusts Haus. Ein Catering-Service brachte Suppe und kleine Häppchen. Lara half dabei, alles auf den Tisch zu stellen, und ließ August nicht aus den Augen. Sie wusste, dass seine Frau unter den Trauergästen war und sie wollte verhindern, dass sie August zu nahe kam. Als Lara von der Trennung erfuhr, wuchs in ihr Hoffnung, den Mann ihrer Träume endlich für sich zu gewinnen. August brachte keinen Bissen herunter. Mit leerem Blick beobachtete er die anderen Menschen im Raum, die stumm ihre Suppe löffelten. Die Stille, die ihn umgab, wurde unerträglich. Er stellte die Schüssel mit der Suppe auf den Tisch und verschwand im Badezimmer. Lara sah ihre Chance und ging ihm nach. Zaghaft klopfte sie an die Tür.

„August? Geht es dir gut? Darf ich hereinkommen?"

Sie wartete nicht ab und betrat das Badezimmer. August hockte auf dem Badewannenrand, das Gesicht in seine Hände vergraben.

„Ich schaffe das nicht. Ich ertrage diesen Schmerz nicht mehr. Es zerreißt mich innerlich und ich kann nichts dagegen unternehmen", wimmerte er. Lara kniete sich vor ihn.

„Du bist nicht alleine. Du kannst immer auf mich zählen, das weißt du doch."

August blickte in ihr tröstendes Gesicht. Ihr Lächeln löste etwas in ihm aus. August lehnte sich nach vorne und öffnete seinen Mund. Lara spürte seinen heißen Atem, ein angenehmes Ziehen flutete ihren Körper. Sämtliche Haare auf ihrer Haut richteten sich auf. August küsste sie und Lara war endlich an ihrem Ziel. Sie erwiderte den Kuss. Ihre Zungen berührten sich und August spürte, dass er mehr wollte. Er packte Lara, drehte sie um und drückte sie gegen das Fensterbrett. August schob hastig ihr Kleid und hoch und zog ihre Unterhose herunter. Lara stöhnte vor Lust, als August mit seiner Hand über ihren Po fuhr und sanft ihre Schenkel auseinanderdrückte. Er öffnete seine Hose. Lara spürte seine harte Männlichkeit und als er in sie eindrang, stieß sie einen spitzen Schrei der Lust aus. Er gehörte ihr.

Luises Ohr lehnte an der Tür, das Blut sackte mit rasender Geschwindigkeit in ihre Füße. Ihr Körper zitterte vor Wut. Sie hörte das Stöhnen, das dieses Miststück von sich gab. Luise ballte eine Faust, steckte sie in ihren Mund und biss fest zu. So fest, dass ein süßlicher Geschmack auf ihrer Zunge lag, doch der Groll ließ sie keinen Schmerz spüren.

August zog seine Hose hoch. Schweiß stand auf seiner Stirn. Er wagte es nicht, Lara anzusehen. Es war ein Fehler, ein dummer, impulsiver Fehler. Lara jedoch lächelte, während sie noch immer schwer atmete und sich nach ihrem Höschen bückte. Sie richtete ihr zerzaustes Haar.

„Es war wunderschön", hauchte sie. Sanft fuhr Lara durch sein Haar. August drehte seinen Kopf zur Seite, packte ihre Hand.

„Das hätte nicht passieren dürfen. Ich ... ich hatte mich nicht unter Kontrolle."

Lara verzog zornig ihren Mund. Die Enttäuschung war ihr deutlich ins Gesicht geschrieben. Sie fühlte sich ausgenutzt. Gerade noch dachte sie, dass August sie auch begehren würde, doch sie hatte sich geirrt. Es schien ihm nichts bedeutet zu haben.

„Was soll das bedeuten? Wir haben gerade miteinander geschlafen und du behandelst mich wie eine Nutte", zischte sie.

„Nein, so war das nicht gemeint. Du bist wunderschön, aber das wird sich nicht wiederholen. Ich habe mich hinreißen lassen."

Ihre Nasenflügel weiteten sich, ihr Atem ging schwer. Sie holte aus und verpasste August eine kräftige Ohrfeige. Hektisch rückte sie ihr Kleid zurecht und verließ stürmisch das Badezimmer. Schwindel überkam Lara und sie musste sich an die Wand lehnen. Ein höllisches Brennen loderte unter ihrer Haut. Sie kam sich so schäbig vor. Wie konnte sie sich nur so in August täuschen.

„Verdammt."

Für einen Moment war August nicht er selbst gewesen. Er war nicht der Typ von Mann, der eine Situation schamlos ausnutze. Zumal er wusste, dass Lara ihn seit einer gefühlten Ewigkeit begehrte und sie sich nichts sehnlicher wünschte als seine Aufmerksamkeit. Scham überkam August. Er war sich sicher, dass sein Gefühlsausbruch nicht ohne Folgen bleiben würde.

KAPITEL 10

Lautlos steckte Friedrich den Schlüssel ins Schloss. Auf leisen Sohlen betrat er den Flur. In der ganzen Wohnung war es dunkel. Er ging in die Küche und ließ das Licht aus. In der Seite des Kühlschranks stand noch eine Flasche Bier. Friedrich tastete nach der Schublade, um nach dem Öffner zu suchen. Die kühle Flüssigkeit rann seine Kehle herunter.

„Du bist jetzt erst nach Hause gekommen?"

Friedrich machte einen Satz nach hinten, der Flaschenhals stieß an seine Vorderzähne.

„Autsch, verdammt. Marie? Warum schleichst du hier im Dunkeln?"

„Entschuldige, mein Schatz. Ich wollte dich nicht erschrecken."

Marie ging auf Friedrich zu und rieb scherzhaft seinen Bauch. Friedrich kicherte.

„Ja, ja, ich weiß", flachste er.

„Du bist doch mein kleiner Buddha."

„Habe ich dich geweckt?"

„Nein. Ich konnte nicht schlafen. Die Schmerzmittel wirken nicht richtig."

Friedrich zog seine Frau zu sich heran. Ihre Arme umschlangen seinen Körper. Marie legte ihren Kopf auf seine Brust und spürte seinen Herzschlag.

„Wir müssen zum Arzt. Du brauchst ein stärkeres Mittel."

„Ach, Friedrich. Ich bekomme doch schon Fentanyl. Wir wissen beide, dass mir nicht mehr viel Zeit bliebt."

Friedrich wollte diese Worte nicht hören. Ein Leben ohne seine Frau war für ihn unmöglich. Er drückte sie fester an sich.

„Lass uns ins Bett gehen."

Friedrich schnarchte leicht, doch Marie fand keinen Schlaf. Die Schmerzen wurden unerträglich und in diesem Moment wünschte sie sich nichts sehnlicher als Erlösung. Jede Therapie hatte versagt. Seit Jahren kämpfte sie gegen den Krebs, aber er war nicht zu besiegen. Sie wusste, dass sich neue Metastasen in ihrem Gehirn gebildet hatten, aber das verschwieg sie Friedrich. Auch wollte sie ihren Mann nicht weiter belasten und hatte beschlossen, ihre letzten Wochen in einem Hospiz zu verbringen.

Die Sonne war noch nicht aufgegangen. Unter Schmerzen kroch Marie aus dem Bett, während Friedrich noch friedlich schlief. Sie schlurfte in die Küche und setzte Kaffee auf. Es war kühl und Marie rieb sich die Arme. Sie schaute aus dem Fenster. Die Natur und die Nachbarschaft ruhten noch. Marie blickte auf die Uhr. 4 Uhr morgens. Seit Wochen konnte sie nicht mehr richtig schlafen. Die Müdigkeit und die Schmerzen raubten ihr jegliche Kraft. Die Kaffeemaschine gluckerte ein letztes Mal und Marie hörte die Tür zum Badezimmer. Sie musste endlich mit Friedrich sprechen, ihm die Wahrheit sagen, auch wenn es ihr das Herz in Stücke reißen würde. Friedrich kam in die Küche.

„Guten Morgen, mein Schatz. Warum bist du so früh auf? Dein Dienst beginnt erst in drei Stunden."

„Denkst du etwa, ich hätte nicht gemerkt, dass du aufgestanden bist?"

Marie reichte Friedrich eine Tasse Kaffee.

„Wir müssen reden", sagte sie ernst. Friedrich setzte sich an den Küchentisch. Ihr Ton war besorgniserregend.

„Ich war noch einmal im Krankenhaus."

Friedrich fühlte plötzlich, wie sich sein Magen schmerzhaft zusammenzog. Eine Übelkeit drückte auf seiner Kehle.

„Alleine? Warum hast du nichts gesagt?"

Sie setzte sich zu ihm, nahm seine Hände.

„Es gibt neue Metastasen."

Warmer Speichel sammelte sich in seinem Mund, er bemühte sich, nicht in Tränen auszubrechen. Er musste stark bleiben.

„Wo?", fragte Friedrich.

„In meinem Kopf. Ich ... ich habe beschlossen, in ein Hospiz zu gehen", sagte sie unter Tränen. Der Boden unter seinen Füßen schwankte. Friedrich hatte das Gefühl, in einen endlosen Abgrund zu stürzen.

„Nein ... das lasse ich nicht zu."

„Friedrich. Ich werde mich verändern. Ich kann und will dir das nicht zumuten."

Er nahm ihre Hand. Der Gedanke daran, seine Frau an diesen verdammten Krebs zu verlieren, raubte ihm den Atem. Er war machtlos. Friedrich würde sein Leben geben, um das ihrige zu retten.

Nur mit Mühe stieg Friedrich die Treppen hinauf, seine Beine schienen mit Blei gefüllt. Keuchend erreichte er das Büro und ließ sich in den Stuhl fallen. Ihm blieb kaum Zeit zum Verschnaufen, denn sein Blick fiel auf einen Kollegen, der mit festen Schritten auf ihn zukam. In der Hand hielt er ein Stück Papier.

„Kommissar Peters? Ich habe hier den Autopsiebericht von Simon Lehmann."

Friedrich vergrub sein Gesicht in seine Hände. Das war ihm komplett entfallen. Sein privates Drama ließ ihn alles andere vergessen.

„Warum kommen Sie damit zu mir?", fragte er bissig. Der junge Polizist schien durch seine harsche Wortwahl verunsichert.

„Ich ... ich dachte. Na ja, weil Sie und Kommissar Lehmann doch zusammenarbeiten."

„Ich habe bereits einen Fall. Geben Sie den Bericht an Mayer weiter. Er wird sich darum kümmern."

Sein Kopf drohte zu explodieren. Krampfhaft versuchte er seine Gedanken und Ängste unter Kontrolle zu bringen, doch es gelang ihm nicht. Zu alledem kam sein Vorgesetzter Sommer an seinen Platz. Sein Kopf wirkte wie eine überreife Tomate, die kurz davor war, zu platzen.

„Kommissar Peters? Warum sind Sie noch im Büro?", fragte er ungeduldig.

„Wie bitte?"

„Wie weit sind Sie im Fall Emilia Schwarz? Gibt es einen Tatverdächtigen?"

„Bisher nicht. Wir haben keine Beweise, aber ihr ehemaliger Lebensgefährte Linus Opitz könnte ein Motiv gehabt haben. Er hat kein Alibi für die Tatzeit und er ist nicht gut auf seine Exfreundin zu sprechen."

„Was ist mit diesem Bordellbesitzer? Wie hieß er noch gleich?"

„Leopold Moll. Wir denken nicht, dass er etwas mit dem Mord an ihr zu tun hat. Der Tat nach war es jemand, der dem Opfer sehr nahegestanden haben muss."

Ohne ein weiteres Wort drehte sich Sommer um und stapfte aus dem Büro.

„Vollidiot!", flüsterte Friedrich, aber Sommer hatte recht. Friedrich und August kamen in dem Fall nicht weiter. Lara betrat das Büro. Friedrich wunderte sich über ihr Äußeres. Sie war ungewöhnlich blass, der rote Lippenstift fehlte und ihre Füße steckten in gewöhnlichen Turnschuhen. In diesem Aufzug hatte er Lara noch nie gesehen, was ihn ein wenig verunsicherte.

„Lara?", rief Friedrich. Lara rollte mit den Augen und Friedrich wunderte sich doch sehr. Als sie näher kam, sah Friedrich ihre roten und geschwollenen Augen.

„Alles in Ordnung bei dir?", fragte er besorgt.

„Ja, es geht mir gut."

Ihr Tonfall strafte sie Lügen.

„Ist das der Bericht der Spurensicherung?"

Lara schaute auf die Mappe.

„Oh. Ja, das ist der Bericht. Entschuldige, Friedrich. Ich bin etwas zerstreut." Sie lächelte gequält und übergab Friedrich die Mappe. Friedrich studierte den Bericht, doch zu seiner Enttäuschung gab es keine Spuren, keine Tatwaffe und keinerlei Hinweise auf den Mörder. Als ob ein Schatten die junge Frau getötet hätte. Friedrich klappte den Hefter zu, stützte seine Ellenbogen auf den Schreibtisch und sah, dass ein Mann das Büro betrat. Sein Anblick war ungewöhnlich und Friedrich fühlte sich um Jahrzehnte zurückversetzt. Völlig orientierungslos schaute sich der Mann um. Er knetete seine Hände. Sein fettiges, schwarzes Haar, war zu einem strengen Seitenscheitel gezogen. Er trug einen karierten Pullunder, darunter ein hellblaues Hemd. Immer wieder schob er die Hornbrille, die auf seiner schiefen Nase saß, nach oben. Seine Beine schienen so zerbrechlich wie Streichhölzer.

„Kann ich Ihnen helfen?“, rief Friedrich und der Mann zuckte erschrocken zusammen. Mit tapsigen Schritten und hängenden Schultern kam der Mann näher.

„Ich bin Herbert Kies. Ich wurde gebeten, mich im Kommissariat zu melden.“

Friedrich musste seine Gedanken sammeln. Der Mann vor ihm war offensichtlich bis ins Mark erschüttert. Für ihn war er nicht der typische Bordellbesucher.

„Kommissar Friedrich Peters. Bitte setzen Sie sich.“

Wie ein nasser Sack ließ sich Kies auf den Stuhl fallen. Schweißtropfen bedeckten seine erhitzte Stirn.

„Wir haben Sie früher erwartet.“

„Ja ... ja, das weiß ich, aber ich wusste nicht, warum Sie mich sprechen müssen.“

Friedrich war nicht dumm. Es hatte den Anschein, dass der Mann vor ihm kein aufregendes Leben führte und er genau wusste, weshalb er hier war.

„Es geht um Emilia Schwarz.“

Kies runzelte die Stirn, gab sich völlig ahnungslos.

„Emilia? Ich kenne keine Emilia. Kann ich jetzt gehen?“

Gerade als der Mann sich der Situation entziehen wollte, schlug Friedrich mit der Faust auf den Tisch, was den anderen Kollegen nicht entging, doch in diesem Moment gab er nichts auf die verblüfften Blicke.

„Setzen Sie sich sofort wieder auf den Stuhl!“, brüllte Friedrich und zeigte dabei mit dem Finger auf den Stuhl.

„Emilia Schwarz. Eine Prostituierte, die Sie sehr gut kennen. Versuchen Sie es nicht zu leugnen. Wir wissen, dass Sie ein Stammkunde von Emilia waren.“

Kies schnappte nach Luft, ein tiefes Rot stieg in seine Wangen. Nach einem Augenblick des Schweigens leugnete er es nicht.

„Ja, ich kenne Emilia, aber warum bin ich hier?“, fragte er kleinlaut.

„Emilia Schwarz wurde ermordet.“

Kies schluckte, schlagartig wurde er leichenblass, verdrehte die Augen und fiel vom Stuhl. Friedrich sprang auf.

„Herr Kies? Alles in Ordnung? Brauchen Sie einen Arzt?“

„Nein“, stöhnte er.

„Ich denke aber doch.“

Dann packte Kies Friedrichs Hand.

„Keinen Arzt. Meine Frau ... meine Frau darf das hier nicht erfahren.“

Friedrich richtete ihn wieder auf und bat Lara um ein Glas Wasser. Nachdem sich Kies wieder gefangen hatte, ließ Friedrich keineswegs locker.

„Wie wir erfahren haben, waren Sie ein Stammkunde von Emilia Schwarz.“

„Das war ich“, schluchzte Kies.

„Sie wurde nachts an den Jacobiweiher gelockt und dort hinterrücks erschlagen.“

Dann sah Friedrich in sein Gesicht und ihm entging nicht, dass es in dessen Kopf ratterte. Kies’ Atem beschleunigte sich und er brach unerwartet in Tränen aus.

„Herr Kies? Haben Sie Emilia Schwarz an diesen Ort gelockt?“

„Nein, nein, das habe ich nicht“, beteuerte er. „Ich hätte ihr nie etwas antun können. Ich habe sie doch geliebt, so sehr geliebt.“

„Wo waren Sie am 30.05. zwischen Mitternacht und 2 Uhr morgens?“

„Natürlich zu Hause.“

Die Antwort kam wie aus der Pistole geschossen.

„Kann das jemand bezeugen?“

„Meine Frau, aber Sie dürfen sie nicht danach fragen. Ich bitte Sie inständig“, flehte Kies.

„Das lässt sich nicht vermeiden. Wir müssen auch Ihre Frau befragen.“

Und wieder wurde Kies leichenblass.

„Das wird in einer Katastrophe enden. Gibt es denn keinen anderen Weg?“

„Ich fürchte nicht. Vielleicht bereiten Sie Ihre Frau darauf vor. Sie sollte es von Ihnen erfahren.“

„Sie haben ja keine Vorstellung davon, was sie mit mir anstellen wird. Sie wird mich mit ihren Pranken wie einen Ast in zwei Teile brechen.“

Friedrich wehrte sich dagegen, sich dessen Frau vorzustellen. Kies, ein hagerer, schwächlicher Typ und eine Frau an seiner Seite, die ihn vermutlich zum Frühstück verspeisen würde.

Im Schutz der Dunkelheit wartete sie ab. Hinter einem Auto versteckt, war ihr Blick auf die Eingangstür gerichtet. Wütend hämmerte das Herz in ihrer Brust, sie knirschte mit den Zähnen und ihre Oberlippe zuckte.

Lara schleppte sich erschöpft durch den Ausgang. Vor ihrem Wagen blieb sie stehen und seufzte. Die Demütigung steckte ihr tief in den Knochen. Nie hätte sie von August erwartet, dass er sie auf diese Weise behandeln würde. Sie schämte sich und fühlte sich ausgenutzt. Sie versuchte, ihre Tränen zu unterdrücken, doch die Enttäuschung saß zu tief. Lara hatte sich für selbstbewusst gehalten, doch nur dieses eine Ereignis überzeugte sie vom Gegenteil. Sie war schwach.

Wie ein wildes Raubtier preschte sie aus ihrem Versteck und stürzte sich auf die ahnungslose Lara, die unter Schreien zu Boden ging. Hart schlug sie auf den Asphalt und sie hörte ein Knacken. Eine Fontäne aus Blut schoss aus Laras Nase. Die Angreiferin richtete sich auf.

„Du miese Schlampe hast mit meinem Mann geschlafen. Dafür bekommst du jetzt die Abreibung deines Lebens."

Lara drehte sich um und blickte in Luises böse und hasserfüllte Augen. Mit der Hand versuchte Lara den Blutstrom aufzuhalten, ein heftiger Schmerz pochte unter ihrer Haut. Luise packte Lara und zog sie an den Haaren hoch.

„Steh auf, du Miststück", brüllte Luise. Der Boden unter Laras Füßen schwankte, ihre Knie gaben nach, die Kehle wie zugeschnürt. Luise griff nach ihrem Haar und schleifte Lara hinter sich her.

„Hilfe."

„Niemand wird dir helfen", zischte Luise. Mit aller Kraft schlug sie Laras Kopf auf die Motorhaube. Immer wieder und wieder, bis Lara eine stumme Dunkelheit umhüllte und sie zu Boden sank.

Aus der Ferne drang ein Klingeln in Augusts Ohr. Der Fernseher flimmerte leise vor sich hin. Er richtete sich auf und rieb sich die Augen. In seinem Kopf hämmerte ein Vorschlaghammer, ein dicker, eklig schmeckender Belag bedeckte seine Zunge. August folgte dem Klingeln.

„Lehmann", stöhnte er und sah dabei auf die Uhr am Herd. Kurz nach Mitternacht.

„August. Hier spricht Friedrich. Du musst ins Krankenhaus kommen."

Träumte er noch? Wiederholte sich alles noch einmal?

„Was ist passiert?", fragte er, schlagartig hellwach.

„Es geht um Lara. Sie wurde angegriffen."

Wieder sackte sein Blut rapide in seine Beine und ließ ihn beinahe taumeln.

„Wie bitte?"

„Komm einfach ins St. Elisabethen."

August trat ins Freie. Er atmete die kühle Luft. Seine Gedanken befanden sich in einer endlosen Spirale und er versuchte sie aufzuhalten. Wie viel konnte er noch ertragen, ohne dabei dem Wahnsinn zu verfallen?

Er parkte den Wagen vor dem Krankenhaus und stieg aus. Selbst nach Mitternacht brannte in den meisten Fenstern noch das Licht. Lautlos öffnete sich die Tür. Vor dem Tresen der Anmeldung stand Friedrich. Sorge zeichnete sein Gesicht.

„Gut, dass du da bist."

„Was um alles in der Welt ist passiert?"

„Ich weiß nur, dass Lara vor dem Kommissariat angegriffen wurde."

August rieb sich die Stirn.

„Und von wem?"

„Das will sie nicht sagen. Du solltest mit ihr sprechen."

August stieg in den Fahrstuhl, der ihn in den dritten Stock beförderte. Die Furcht, wieder auf Lara zu treffen, nachdem er sie so grob abgewiesen hatte, nagte an ihm. Dieses armselige Verhalten hatte sie nicht verdient und doch hatte er es getan. Im dritten Stock angekommen stieg er aus dem Fahrstuhl. Die Station war in ein gedimmtes Licht getaucht. Es war ungewöhnlich still. Eine Krankenschwester, die eine Infusion in der Hand hielt, kam ihm entgegen. Sie lächelte entspannt.

„Kann ich Ihnen helfen?"

„Ja. Ich suche das Zimmer von Lara Mai."

Die Krankenschwester deutete den Flur hinunter.

„Das letzte Zimmer links."

August nickte und lief den Flur entlang. Sein Blick fiel auf den grünen Linoleumboden, der unter seinen Schritten quietschte. Seine Hand lag auf der Klinke, doch er zögerte. Wie sollte er sich verhalten? Wie konnte er wiedergutmachen, was er ihr angetan hatte? Was würde ihn hinter dieser Tür erwarten? Er atmete tief durch und öffnete die Tür. Regungslos lag Lara im Bett. Ihr Anblick bestürzte ihn zutiefst. Die Augenränder blau unterlaufen. Ein dicker Verband zierte ihre Stirn und Nase. Als August die Tür hinter sich ins Schloss fallen ließ, schreckte Lara auf. Ruckartig setzte sie sich auf und stöhnte daraufhin vor Schmerzen. Eilig trat August an ihr Bett.

„Entschuldige, Lara. Ich bin es. August", flüsterte er, nahm ihre Hand und lehnte sie reuig gegen seine Stirn.

„Was ist denn geschehen? Wer war das?"

Trotz ihrer Schmerzen versuchte Lara zu lächeln.

„Ich weiß es nicht. Ich bin spät aus dem Büro. Ich wollte gerade in meinen Wagen steigen, als sich jemand auf mich gestürzt hat. Ich glaube, dass es ein Mann war. Er wollte mein Geld, aber ich hatte meine Handtasche nicht dabei. Als er gemerkt hat, dass es bei mir nichts zu holen gibt, ist er auf mich losgegangen", sagte sie unter Tränen.

„Konntest du den Mann erkennen?"

„Nein, es war schon dunkel und er trug eine Sturmmaske."

„Es tut mir so furchtbar leid. Das hätte nicht passieren dürfen, aber verlass dich darauf, dass ich dieses Schwein finden werde."

Sanft berührte Lara seine Wange.

„Das weiß ich doch."

August blieb die ganze Nacht bei ihr und rührte sich nicht vom Fleck. Er versuchte den Fehler, den er begangen hatte, wiedergutzumachen.

Alle Blicke waren auf August gerichtet, als er das Kommissariat betrat. Mit offenen Mündern verfolgten die Frauen an der Information seine Schritte. August war nicht sonderlich überrascht. Vor dem Büro seines Vorgesetzten blieb er stehen und klopfte gegen die geöffnete Tür. Sommer hob seinen Kopf und schien verwirrt.

„Lehmann? Was kann ich für Sie tun?"

„Ich melde mich zum Dienst zurück."

Sommer drückte sich aus seinem Stuhl, verschloss die Tür und deutete auf den Stuhl vor seinem Schreibtisch.

„Ich denke, dass es noch zu früh ist. Sie haben gerade ihren Bruder verloren."

„Das stimmt, aber ich kann nicht länger in meinem Haus bleiben. Die Einsamkeit und die Leere setzen mir zu. Ich brauche die Arbeit, um mich abzulenken."

Sommer nickte.

„Peters wird es Ihnen danken. Er scheint mir in letzter Zeit etwas unkonzentriert. Alles scheint im Moment etwas surreal. Der Vorfall von letzter Nacht ist doch sehr eigenartig. Welcher Verbrecher überfällt eine hilflose Frau direkt vor dem Kommissariat?"

„Das werden wir herausfinden. Wer bearbeitet den Fall meines Bruders?"

„Der Fall wird von Mayer bearbeitet. Bitte mischen Sie sich nicht in die Ermittlungen ein. Man könnte Ihnen Befangenheit vorwerfen."

„Gut. Ich bedanke mich für Ihre Zeit."

Sommer reichte ihm die Hand.

„Willkommen zurück."

August ging auf Friedrich zu und ihm entging nicht, dass Friedrich in einem desolaten Zustand war. August sorgte sich und er vermutete, dass es seiner Frau schlechter ging.

„Guten Morgen, Friedrich."

Perplex starrte Friedrich auf August.

„Was suchst du denn hier? Du solltest nicht hier sein."

„Ich muss arbeiten. Ich kann nicht länger in diesem Haus alleine bleiben. Ich grüble mich noch zu Tode."

„Ich bin natürlich froh, dass du wieder da bist. Wir können auch gleich aufbrechen."

„Wohin geht es?"

„Der Stammkunde von Emilia Schwarz war hier. Ich habe ihn befragt und er sagt, dass er zum Tatzeitpunkt ein Alibi habe, und das überprüfen wir jetzt. Aber ich bin mir sicher, dass wir damit eine Lawine lostreten werden."

August runzelte die Stirn.

„Warum?"

„Du wirst es sehen", sagte Friedrich mit einem schelmischen Grinsen.

Wieder ein trostloser, kalter Betonblock. Die Vorgärten verwildert und die Fassaden verkommen. Nach außen drangen fürchterliches Kindergeschrei und die Rufe einer Mutter, die mit den Nerven am Ende zu sein schien.

„Gemütlich." Augusts Tonfall troff vor Ironie. Das Klingelschild war bereits verblichen, nur schwach war der Name „Kies" zu lesen. Das Geräusch der Klingel donnerte durch den ganzen Hausflur, ehe der Summer ertönte. Friedrich drückte die Tür auf und traf dabei auf eine Frau, die eine Riesin im Vergleich zu ihm war. Ihre Gesichtszüge waren kalt und unbarmherzig. Ihr graues, lockiges Haar war zerzaust und ihre Wangen schimmerten rot. Vermutlich hatte sie einen zu hohen Blutdruck. Von oben herab gaffte sie auf die Kommissare. Ihre Stimme schien direkt aus der Hölle zu kommen.

„Was wollen Sie? Wer sind Sie?"

„Kommissar Friedrich Peters, das ist mein Kollege August Lehmann. Sind Sie Frau Kies?"

„Ja, ich bin Dora Kies“, sagte sie schroff.

„Wir sind hier, um mit Ihnen über das Alibi Ihres Mannes Herbert zu sprechen.“

Sie presste ihren Kiefer so fest zusammen, als ob sie versuchen würde einen Fels zu spalten.

„Was für ein Alibi? Sie müssen sich irren.“

„Nein, Frau Kies, wir irren uns nicht. Wo ist Ihr Mann jetzt?“

Sie hob ihren Kopf und deutete auf die Eingangstür.

„Er ist einkaufen“, knurrte sie.

„Dürfen wir hereinkommen und mit Ihnen sprechen?“

„Wenn es sein muss“, grummelte sie und gab dabei den Weg frei. Die Möbel waren längst nicht mehr modern. Auf dem Boden lagen orientalische Teppiche und der Holzboden darunter war abgenutzt. In der ganzen Wohnung lag ein saurer Geruch in der Luft. Die Gardinen trugen einen grauen Schleier und ließen dabei kaum Tageslicht herein. Sie watschelte mit ihrem gewaltigen Hinterteil voraus und führte die beiden ins Wohnzimmer.

„Setzen Sie sich“, sagte sie und stellte sich hinter einen der Sessel, die ebenso altmodisch wie marode waren.

„Frau Kies. Vor einigen Wochen wurde Emilia Schwarz’ Leiche am Jacobiweiher gefunden.“

Ungläubig hob sie ihre Augenbrauen.

„Ich verstehe nicht ganz. Was hat das mit meinem Mann zu tun?“

„Frau Kies. Emilia Schwarz war eine Prostituierte und Ihr Mann ein Stammkunde von ihr“, sagte Friedrich und rechnete mit dem Schlimmsten. Dora fletschte ihre Zähne, wie ein wildes Tier. Das Blut schoss in ihre Wangen und ließ sie puterrot werden.

„Was soll das bedeuten?“, fragte sie bedrohlich. Friedrich wagte es kaum, ihr zu antworten.

„Emilia Schwarz wurde an den Jacobiweiher gelockt und dort getötet. Wir wollen von Ihnen wissen, ob Ihr Mann am 30.05. zwischen Mitternacht und 2 Uhr morgens bei Ihnen war.“

„Er geht nachts nicht aus dem Haus. Aber an manchen Tagen war er für Stunden verschwunden. Und jetzt weiß ich auch, dass er sich bei einer dreckigen Hure aufgehalten hat. Dieses miese Schwein.“

Friedrich und August konnten genau erkennen, wie Dora in Gedanken ihren Mann bereits erwürgt hatte. Nur Sekunden später öffnete sich die Haustür.

„Schatz, ich bin zu Hause“, hörte sie eine Stimme aus dem Flur. Herbert stellte die Einkaufstaschen ab und kam nichtsahnend ins Wohnzimmer. Als er die Kommissare und seine vor Wut schäumende Frau sah, wollte er auf dem Absatz kehrtmachen, doch Dora preschte vor und griff nach seinem Hemdkragen. Sie schüttelte ihn wie eine Gummipuppe und seine Brille flog im hohen Bogen gegen die Wand. August versuchte, die aufgewühlte Situation zu entschärfen.

„Frau Kies, bitte beruhigen Sie sich. Das bringt doch nichts.“

„Dieses nichtsnutzige Schwein hat mich betrogen und das mit einer Hure, die ihn wahrscheinlich noch mit irgendeiner Krankheit angesteckt hat“, kreischte sie angewidert. Schützend legte Herbert seine Hände über den Kopf. Es war ein eigenartiges Schauspiel, was den Kommissaren geboten wurde, und Friedrich hatte

Mühe, die aufgebrachte Ehefrau im Zaum zu halten. Sie besaß eine ungewöhnliche Kraft in ihren Armen. Die Konstellation erinnerte eher an Mutter und Sohn, als an Ehefrau und Ehemann. August waren die Umstände sehr unangenehm. Er konnte sich lebhaft vorstellen, was passieren würde, wenn er und Friedrich die Wohnung verließen.

KAPITEL 11

Die Ränder um ihre Augen waren noch etwas blau, aber trotzdem lächelte Lara, als sie das Büro betrat. Gewohnt in High Heels und mit tiefrotem Lippenstift wurde sie von ihren Kollegen mit mitleidigen Blicken begrüßt. August saß auf seinem Stuhl und haderte mich sich. Sollte er sie persönlich begrüßen? Seit dem Besuch im Krankenhaus hatte er sie nicht mehr gesehen. Lara drehte ihren Kopf und ihr Blick wanderte hoffnungsvoll zu August. Gerade als er aufstehen wollte, stürmte Herbert Kies ins Büro. Er schien völlig aufgelöst und das blaue Auge war kaum zu übersehen. Sein Haar war wild durcheinander und die Brille war am Bügel selbst geflickt. Hastig sah er sich um und als er August sah, stolperte er auf ihn zu.

„Herr Kies? Was ist passiert?"

Atemlos blieb er vor dem Schreibtisch stehen.

„Ich ... ich muss Ihnen ...",

„Jetzt beruhigen Sie sich. Bitte nehmen Sie Platz."

Kies ließ sich auf den Stuhl fallen. Der Schweiß rann in Strömen von seiner Stirn.

„Ihre Frau war wohl sehr wütend. Ein stattliches Veilchen haben Sie da."

„Ach das. Ja, sie war sehr verärgert. Aber es geht um etwas anderes. Ich muss Ihnen etwas beichten. Ich habe Ihnen nicht die ganze Wahrheit gesagt. Es betrifft Emilia."

August wurde hellhörig.

„Worum geht es?"

„Ich habe in der Nacht vor ihrem Tod eine Nachricht bekommen. Jemand rief mich an."

„Wer? Ein Mann?"

„Ich konnte die Stimme nicht zuordnen. Sie war verzerrt. Jedenfalls hat mir die unbekannte Stimme befohlen, dass ich Emilia an den Jacobiweiher bestellen sollte. Emilia hat mir vertraut und nur gesagt, dass es mich einiges kosten würde, wenn sie mitten in der Nacht an so einen Ort kommen sollte."

„Wie bitte? Und das haben Sie uns verheimlicht?"

„Ich konnte nicht anders. Die Stimme hat mich mit dem Tod bedroht, sollte ich auch nur ein Wort ausplaudern."

„Auf welchem Apparat ging der Anruf ein?"
„Auf meinem Smartphone."

„Geben Sie es mir. Wir werden herausfinden, wer Sie angerufen und bedroht hat."

Mit zittrigen Händen legte Kies sein Telefon auf den Schreibtisch.

„Was ist mit Ihrer Frau? Wollen Sie Anzeige erstatten?"

„Nein, besser nicht. Ich habe es nicht anders verdient", sagte er beschämt.

„Es geht mich wirklich nichts an, aber warum ausgerechnet diese Frau? Sie scheinen mir doch recht unterschiedlich."

„Sehen Sie mich an. Glauben Sie wirklich, dass ich mir eine Frau aussuchen kann? Ich bin nicht so wie andere Männer. Sie war die Einzige, die sich für mich interessierte. Die Chance konnte ich mir nicht entgehen lassen."

„Warum dann die Treffen mit einer Prostituierten?"

„Trotz allem bin ich ein Mann und habe wie jeder andere auch Bedürfnisse. Meine Frau wollte die meinen nicht befriedigen und so bin ich ins Golden Palace. Dort habe ich Emilia getroffen und mich sofort in sie verliebt. Sie war so anders, so liebevoll und hat mir jeden Wunsch erfüllt."

August dachte erneut an Leopold Moll und die Galle stieg in ihm auf. Die Frauen dort verkauften den Männern Träume, die jedoch nichts mit der Realität gemein hatten.

August ließ Kies' Smartphone checken und den besagten Anruf zurückverfolgen. Zu seiner Überraschung kam der Anruf von einer Telefonzelle. Er wusste nicht einmal, dass es solche Einrichtungen noch gab. Mit dem Ergebnis ging er zu Friedrich.

„Du glaubst es nicht, aber es gibt tatsächlich noch Telefonzellen."

„Wirklich?"

„Ja. Ich kann es auch nicht glauben. Aber wer war der Anrufer?"

„Jemand, der Emilia wirklich sehr gehasst hat", fügte Friedrich überzeugt hinzu.

„Wir müssen noch einmal mit ihren Eltern sprechen. Sie müssen doch mehr wissen, als sie zugeben."

„Du musst ohne mich fahren. Meine Frau und ich haben einen Termin."

„Was ist los? Geht es ihr schlechter?"

„Ja ... ja, aber das erzähle ich dir ein anderes Mal."

August parkte den Wagen vor dem Wohnblock. Ein paar Jugendliche lungerten vor der Hausmauer. Und wieder dieser süßliche Geruch. August verdrehte die Augen und ging auf die Gruppe zu.

„Was zum Teufel treibt ihr hier?"

Einer der Jungs trat vor. Er war schmächtig und seine Kleidung verlottert. Hochnäsig hob er seinen Kopf, zog noch einmal an dem Joint und blies den Rauch in Augusts Gesicht

„Was willst du von uns, Opa?", fragte er und spuckte dabei auf den Boden.

„Habt ihr keine Schule?"

„Das geht dich einen Scheiß an, Opa. Verpiss dich bloß, bevor wir dich auseinandernehmen."

August lächelte müde und packte seinen Ausweis aus. Die Truppe glotzte auf den Ausweis und wie von der Tarantel gestochen, suchten sie im rasenden Tempo das Weite. Der Joint brannte noch. August hob ihn auf und für einen Moment dachte er doch tatsächlich daran, an dem Joint zu ziehen. Er schüttelte den Kopf und trat ihn am Boden aus.

Magda Schwarz öffnete nur schwerfällig die Tür. Ihre Augen waren trübe, das Gesicht zusammengefallen und ihre Haut schimmerte grau.

„Was wollen Sie denn schon wieder? Ich habe Ihnen doch alles gesagt", grummelte sie.

„Entschuldigen Sie Störung, Frau Schwarz, aber ich muss noch einmal mit Ihnen über Ihre Tochter sprechen."

Nur langsam gab sie den Weg frei und August trat ins Dunkel. Kein Sonnenlicht. Die Luft war stickig und zum Schneiden. Wieder dröhnte der alte Röhrenfernseher und Bertram saß davor und glotzte apathisch auf die Mattscheibe. Die Wunden an seinem Kopf waren noch entzündet, seine Stumpen rochen nach verdorbenem Fleisch. August fragte sich, ob seine Wunden regelmäßig versorgt wurden. Magda entriss ihrem Mann die Fernbedienung und brüllte in sein Ohr.

„Der Bulle ist wieder da. Ich mache den Fernseher leiser."

„Was?", schrie er. Magda winkte ab und drehte den Fernseher leiser. Regungslos blieb Bertram davor sitzen.

„Was wollen Sie denn noch?", fragte Magda entnervt, ließ sich auf das Sofa fallen und stopfte sich dabei eine Zigarette. Ihre Fingerkuppen waren in ein dunkles Gelb getaucht. Bis auf das Fleisch waren ihre Nägel abgekaut.

„Wie geht es Ihnen?"

„Es geht mir gut, das sehen Sie doch", sagte sie mit einer nüchternen Ironie.

„Wir haben den Mörder Ihrer Tochter noch nicht festnehmen können."

„Was macht ihr Bullen eigentlich den ganzen Tag?"

August versuchte, ihren Ton und die unpassenden Kommentare außer Acht zu lassen, was ihm nur schwer gelang. Es gefiel ihm nicht, so respektlos behandelt zu werden.

„Ich muss wissen, ob es in Emilias Vergangenheit Menschen gegeben hat, die ihr etwas Böses gewollt haben. Egal wer. Jeder Hinweis ist wichtig und kann dazu beitragen, dass wir den Mörder fassen können."

„Wo soll ich da anfangen? Sie hat es doch mit jedem getrieben. Sie war schlimmer als ein Karnickel. Ob verheiratet oder nicht. Sie hat alle Männer über sich drüberrutschen lassen."

„Woher wissen Sie das so genau?"

„Weil sie es hier in meiner Wohnung getrieben hat, dieses miese, kleine Flittchen“, schimpfte Magda und ihre Gesichtszüge wurden zornig. „Wissen Sie eigentlich, was mich diese Beerdigung gekostet hat? Ich musste meine Versicherung auflösen, um dieses Flittchen unter die Erde zu bekommen.“

August schluckte, ihm stockte der Atem. Er wollte keine Sekunde länger mit dieser eiskalten und schäbigen Frau in einem Raum sein. August schloss die Augen und atmete tief durch. Er durfte sich auf keinen Fall von ihren abwertenden Worten provozieren lassen.

„Gab es jemanden, mit dem Emilia besonders viel Ärger hatte. Das müssen Sie doch gemerkt haben.“

„Ja, da gab es ein Mädchen. Ich weiß nicht, wie alt sie heute ist. Emilia hat ihr den Freund ausgespannt und sie war mehr als wütend. Sie hat uns die Fensterscheiben eingeschlagen und Emilia ziemlich heftig verprügelt.“

„Und wie heißt die Frau?“

„Kerstin ... Kerstin Gruber, glaube ich.“

„Wissen Sie, wo Frau Gruber heute wohnt?“

„Klar weiß ich das. Gleich im nächsten Block.“

„Ich danke Ihnen, Frau Schwarz.“

„Ja, ja“, sagte sie und winkte dabei ab. August verließ die Wohnung mit einem erdrückenden Gefühl. In der Gegenwart von Emilias Eltern fühlte er sich eingesperrt und seiner Luft beraubt. Draußen atmete er tief ein. Ein Blick auf die Uhr zeigte, dass ihm noch Zeit blieb. Ein kleiner Weg, mit Betonplatten ausgelegt, führte ihn zum Nachbarblock. Auch hier war alles in einem heruntergekommenen Zustand. Aus einem der Fenster hing eine alte Daunendecke, die mit gelben Flecken übersät war. Laute Musik und wütendes Gebrüll drang aus den geöffneten Fenstern. August schüttelte den Kopf und sein Blick schweifte über die Klingelschilder. Tatsächlich gab es den Namen Gruber.

„Ja?“, drang es schrill aus der Gegensprechanlage.

„Polizei. Bitte öffnen Sie die Tür.“

Nichts. Kein Summer. Kein einziges Wort, nur Stille. August klingelte erneut. Wieder wartete er, bis die Tür sich endlich öffnete. Auf dem Treppengeländer lag ein schmieriger Film und August wagte es nicht, das Geländer zu berühren. Er stieg die Treppen hinauf, bis er eine Frau sah, die sich gegen den Türstock lehnte. Die Arme vor ihrer Brust verschränkt, glotzte sie August skeptisch an.

„Sind Sie Kerstin Gruber?“

„Wer will das wissen?“, fragte sie flapsig. Ihr Gesicht glich einer Kraterlandschaft. Ihr braunes Haar war verfilzt und strohig. Sie schien eine junge Frau zu sein, doch August sah nur eine verbrauchte Hülle.

„Kommissar August Lehmann. Es geht um Emilia Schwarz.“

In diesem Moment beschleunigte sich Kerstins Herzschlag. Ihr Brustkorb hob und senkte sich rasch. Ihre Nasenflügel weiteten sich. Ihre Mundwinkel zuckten.

„Ich will diesen Namen nicht hören“, zischte sie wie eine Schlange.

„Emilia Schwarz wurde ermordet.“

Dann geschah etwas, womit August nicht gerechnet hatte. Kerstin lachte laut los, was August durch Mark und Bein ging. Fassungslos stand er vor ihr.

„Frau Gruber. Hören Sie sofort mit dem Gelächter auf.“

„Entschuldigung, aber ich kann nicht anders. Es ist wie eine Befreiung. Endlich kann sie mir nichts mehr anhaben."

August spürte Blicke auf sich haften. Die Nachbarn wurden hellhörig und das Quietschen der anderen Türen war zu hören.

„Würden es Ihnen etwas ausmachen, das Gespräch in Ihrer Wohnung weiterzuführen?"

„Kommen Sie herein."

Zu seinem Staunen war die Wohnung in einem perfekten Zustand. Kerstin ging voraus in die Küche.

„Können Sie mir erklären, warum Sie über den Tod einer jungen Frau lachen?"

„Diese Frau ist das pure Gift gewesen. Sie hat meinem Mann den Kopf verdreht. Sie hat ihn mir weggenommen und ich habe gelitten wie ein Hund. Immer wieder hat er mit ihr geschlafen und ich musste das alles hilflos ertragen."

„Warum mussten Sie das ertragen? Warum haben Sie sich nicht getrennt?"

„Wir haben zwei Kinder und ... und ..."

August konnte spüren, was in Kerstin vorging. Sie war jung Mutter geworden und von ihrem Mann abhängig.

„Sie sind noch mit Ihrem Mann zusammen?"

„Ja, natürlich. Was denken Sie denn?", fragte sie empört

„Wann haben Sie Emilia das letzte Mal gesehen?"

„Das weiß ich nicht. Vielleicht vor ein paar Wochen. Da hatte sie als Prostituierte gearbeitet."

„Was ist mit Ihrem Mann? Wann hatte er zuletzt Kontakt zu ihr?"

Kerstin griff sich in die Haare und zog an ihnen.

„Ich weiß es nicht“, sagte sie und presste ihre Lippen fest zusammen. Die Traurigkeit war deutlich zu erkennen. Vor August saß eine verzweifelte Frau, die sich ein besseres Leben gewünscht hatte, doch alles, was ihr geblieben war, waren ein untreuer Ehemann und zwei Kinder, die ihr den letzten Nerv raubten. Ein Geräusch ließ August aufhorchen. Es kam aus dem hinteren Teil der Wohnung. Er stand auf und folgte dem Geräusch. Vor einer Tür blieb er stehen und horchte. August konnte das Getrampel von Kindern hören. Er stieß die Tür auf und zwei kleine Kinder blieben abrupt stehen und starrten August an. Das kleine Mädchen hatte etwas in der Hand und seine Augen weiteten sich.

„Zeigst du mir, was du da hast?“, fragte August ruhig.

„Nein, das ist meins“, sagte sie und versteckte ihre Hände hinter dem Rücken.

„Bitte. Für mich.“

Das kleine Mädchen grinste, hielt das Spielzeug an ihren Mund, drückte einen Knopf und brabbelte in das Mikro und August bekam eine Gänsehaut. Es war ein Stimmenverzerrer. Das kleine Mädchen hüpfte auf und ab. Kerstin stürmte ins Kinderzimmer und entriss ihrer Tochter den Stimmenverzerrer.

„Du sollst doch nicht damit spielen. Papa hat es dir verboten.“

„Der gehört Ihrem Mann?“

„Ja, warum? Ist das wichtig?“

„Nein, ich war nur neugierig. Frau Gruber, ich danke Ihnen für die Zeit. Ich werde jetzt gehen.“

Mit pochendem Herzen verließ August die Wohnung. Er war sich sicher, dass er einer heißen Spur folgte. Er brauchte einen Durchsuchungsbefehl, bevor Kerstin Gruber Beweise verschwinden lassen konnte.

August klopfte an die Tür seines Vorgesetzten.

„Herein."

Ludgers Blick war auf den Monitor gerichtet, als August sein Büro betrat. Noch bevor er den Schreibtisch erreicht hatte, rief er.

„Ich brauche einen Durchsuchungsbefehl."

Ludger starrte ihn mit offenem Mund an.

„Wie bitte?"

„Ich habe einen Verdacht. Sie wissen, dass Herbert Kies einen bedrohlichen Anruf bekommen hatte und ihm befohlen wurde, Emilia Schwarz an den Weiher zu locken?"

„Das ist mir bekannt."

„Ich habe mit einer gewissen Kerstin Gruber gesprochen. Sie könnte ein Motiv gehabt haben, Emilia zu erschlagen."

„Ich brauche etwas mehr Information."

„Während der Befragung ist mir etwas aufgefallen. Ich bin ins Kinderzimmer und ein kleines Mädchen hat mit einem Stimmenverzerrer gespielt. Kies sagte, dass der Anrufer eine verzerrte Stimme hatte."

„Dieses Dinger gibt es doch zuhauf. Jeder kann sich so ein Gerät beschaffen."

„Aber Kerstin Gruber hat ein Motiv. Ihr Mann hatte eine Affäre mit Emilia Schwarz und das direkt vor ihren Augen."

Ludger überlegte. August konnte sehen, wie es in seinem Kopf ratterte.

„Gut. Ich werde sehen, was ich tun kann."

Drei Tage später wurde der Durchsuchungsbefehl erlassen. Mit einem Team von Polizisten stürmten sie Kerstin Grubers Wohnung.

„Was zum Teufel geht hier vor? Was wollen Sie?", fragte sie völlig verängstigt.

August zeigte ihr das Papier, auf dem der Beschluss stand.

„Frau Gruber. Wir müssen Ihre Wohnung nach Beweisen durchsuchen. Bitte bleiben Sie ruhig."

Kerstin wurde blass und packte entsetzt ihre Kinder. Hastig verschwand sie mit ihnen in die Küche, wo sie sich mit zittrigen Händen eine Zigarette anzündete.

„Ich verstehe das nicht. Was habe ich getan?"

„Als ich das letzte Mal hier war, hat ihre Tochter mit einem Stimmenverzerrer gespielt. Woher haben Sie das Gerät?"

„Das gehört meinem Mann, aber ich verstehe nicht, was das Ganze hier soll?"

„Wo ist Ihr Mann jetzt?"

„Er ist unten in der Garage und schraubt an seinem Wagen."

August schnappte sich zwei Beamte und eilte die Treppe herunter. Hinter dem Haus lagen die Garagen. Aus einer dröhnte laute Rockmusik. Ein hochgewachsener Mann in einem blauen Overall beugte sich über einen Ford Thunderbird. In seinem Mundwinkel steckte eine Zigarette. Seine Oberarme waren bedeckt mit Tattoos und ein schmieriger Film Motoröl glänzte auf seiner Haut.

„Herr Gruber?", brüllte August und versuchte, dabei die Musik zu übertönen. Gruber drehte sich um.

„Ja, was ist denn?", fragte er und fühlte sich sichtlich gestört.

„Schalten Sie die Musik aus."

Einen Augenblick lang schweifte sein Blick über die Beamten. In seinem ausdruckslosen Gesicht war nichts zu erkennen. Keine Schuld, keine Panik, keine Überraschung. Er schien vollkommen ahnungslos.

„Wir haben einen Durchsuchungsbefehl. Ich muss Sie bitten, die Garage zu verlassen", sagte August und hielt ihm das Papier vor die Nase.

Gruber zog lässig an seiner Zigarette, schnappte sich einen alten Lumpen und wischte sich die Hände.

„Ein Durchsuchungsbefehl? Was soll der Blödsinn?"

„Ich bitte Sie zu kooperieren."

Die Beamten gingen an Gruber vorbei und durchsuchten die Garage.

„Verraten Sie mir, was der Aufstand hier soll?", fragte Gruber.

„Hat Ihre Frau nicht mit Ihnen gesprochen?"

„Wir reden nicht sehr viel. Also? Klären Sie mich auf."

„Es geht um Emilia Schwarz."

Schlagartig wurde Gruber leichenblass, er ließ die Zigarette fallen.

„Emilia? Was ist mit ihr?"

„Sie sprechen offensichtlich wirklich nicht mit Ihrer Frau. Emilia wurde ermordet. Wir gehen jedem Hinweis nach und einer davon führte uns hierher. Ihre Frau sagte, dass der Stimmenverzerrer Ihnen gehöre?"

„Ja, ja. Er lag in meiner Garage. Keine Ahnung, wie der hier reingekommen ist, aber was hat das alles mit Emilia zu tun?"

„In welchem Verhältnis standen sie zum Opfer?"

„Wir ... wir hatten eine Affäre. Immer wieder haben wir uns getroffen."

„Mir ist zu Ohren gekommen, dass Ihre Frau davon wusste."

Gruber kratzte sich den Hinterkopf.

„Emilia war meine Jugendliebe. Ich bin einfach nicht von ihr losgekommen. Eine Zeit lang war sie wie vom Erdboden verschwunden und in der Zeit habe ich meine Frau kennengelernt. Nach ein paar Wochen ist sie schwanger geworden, aber ich konnte Emilia einfach nicht vergessen und als sie wiederaufgetaucht ist, da konnte ich nicht anders."

„Ich verstehe. Also ging die Affäre immer weiter und Ihre Frau? Wie hat sie reagiert?"

„Was glauben Sie denn? Sie ist komplett ausgerastet und hat Emilia den Tod an den Hals gewünscht", sagte er und bereute seine Aussage.

Einer der Beamten rief August in die Garage. Er betrat die Garage und sein Blick schweifte über die Wände, die mit pornografischen Fotos zugepflastert waren. Nackte Frauen in eindeutigen Posen. Einige waren stark vergilbt und vermutlich mehr als 20 Jahre alt. Der Beamte deutete auf eine Schublade. August spürte ein Ziehen in seinen Eingeweiden. In der Schublade lag eine blutverschmierte Spitzhacke. An ihr klebten braune Haare.

„Rufen Sie sofort die Spurensicherung."

Gruber versuchte an den Beamten vorbeizuschauen, um etwas zu erkennen.

„Was ist denn los?", fragte er mittlerweile besorgt.

„Herr Gruber. Wenn Sie etwas wissen, dann wäre jetzt der richtige Zeitpunkt. Wir haben vermutlich die Tatwaffe in Ihrer Schublade gefunden."

Gruber schwankte, er schien den Boden unter den Füßen zu verlieren.

„Ich ... Das ... das kann nicht sein", stammelte er.

„Wo waren Sie am 30.05. zwischen Mitternacht und 2 Uhr morgens?"

„Ich war in einer Kneipe."

„Woher wissen Sie das so genau?"

„Ein Kumpel von mir hatte Geburtstag. Wir waren bis 5 Uhr morgens unterwegs."

„Und Ihre Frau?"

August konnte sehen, wie Gruber angestrengt nachdachte. Kleine Schweißperlen drangen an die Oberfläche seiner Stirn.

„Ich ... ich weiß es nicht, aber sie ist doch immer zu Hause wegen der Kinder."

„Sie könnte also die Wohnung verlassen haben, ohne dass Sie es bemerkt hätten?"

„Was wollen Sie damit sagen? Dass meine Frau Emilia ermordet hat? Das ist absolut lächerlich."

„Sie sagten doch, dass Ihre Frau Emilia den Tod gewünscht hat."

Gruber winkte ab.

„Mein Gott, das war doch nur so dahingesagt. Meine Frau könnte doch keinen Menschen ermorden."

„Das werden wir herausfinden."

Die Spurensicherung nahm die Tatwaffe an sich und untersuchte die Wohnung und die Garage.

Der Verhörraum war winzig. Es gab keine Fenster und die Luft war stickig.

Kerstin Gruber klammerte sich zitternd an einen Becher Kaffee. Immer wieder blickte sie zur Tür. Sie fühlte sich wie ein eingepferchtes Tier und wurde zusehends unruhiger. Endlich das erlösende Klicken der Tür. August setzte sich ihr gegenüber. Er versuchte, ihren Gesichtsausdruck zu deuten, aber konnte nichts erkennen.

„Sie müssen mich hier rauslassen. Ich habe niemanden ermordet", flehte sie unter Tränen.

„Frau Gruber. Wir haben die Tatwaffe untersucht. Blut und Haare stammen vom Opfer Emilia Schwarz. Außerdem haben wir Ihre Fingerabdrücke auf der Tatwaffe identifizieren können."

„Das ... das kann nicht sein. Ich habe ihr nichts getan", sagte sie und raufte sich ausweglos die Haare.

„Sie haben ein Motiv. Sie haben Emilia gehasst. Magda Schwarz hat mir berichtet, dass Sie Emilia körperlich Schaden zugefügt und der Familie die Fensterscheiben eingeschlagen haben."

„Das ist doch schon ewig her. Sie hatte eine Affäre mit meinem Mann und ich war noch jung."

„Mag sein, aber die Affäre ging ja weiter und es muss für Sie eine schreckliche Demütigung gewesen sein."

„Jetzt hören Sie mir mal genau zu. Ich habe Emilia nicht ermordet und schon gar nicht mit einer Spitzhacke."

„Wie kommen Ihre Fingerabdrücke auf die Tatwaffe?"

„Das weiß nicht. Ich habe dieses Ding schon ewig nicht mehr gesehen", schrie Kerstin.

„Woher kennen Sie Herbert Kies?"

„Herbert Kies. Wer soll das sein?"

„Er wurde bedroht und gezwungen, Emilia an den Jacobiweiher zu locken. Der Anrufer hat einen Stimmenverzerrer benutzt und genau so ein Gerät hatten Sie in Ihrer Wohnung."

Kerstin Gruber drückte den Kaffeebecher zusammen und die heiße Flüssigkeit rann über ihre Hände, doch sie verzog keine Miene, sie zuckte nicht einmal. August interpretierte ihr Schweigen als Geständnis.

„Frau Gruber. Ich muss Sie verhaften wegen des dringenden Tatverdachtes, Emilia Schwarz ermordet zu haben."

Kerstin packte Augusts Hand, der heiße Kaffee tropfte an ihrem Handgelenk herunter.

„Ich habe ihr nichts getan. Irgendjemand will mir den Mord in die Schuhe schieben, das müssen Sie mir glauben. Ich habe eine Familie. Die Kinder brauchen mich."

August blickte in ihr Gesicht. War Kerstin eine eiskalte Mörderin, oder hatte sie mit ihrem Verdacht recht? Im Augenblick sprach alles gegen sie.

KAPITEL 12

August ließ die Tür hinter sich ins Schloss fallen. Es war eine unerträgliche Stille, die ihn umgab. Der Schmerz steckte tief in seinem Fleisch und ließ ihn kaum atmen. Sein Fall schien beinahe abgeschlossen, doch der Verlust seines Bruders ließ ihn nicht zur Ruhe kommen. Alle Menschen, die er je geliebt hatte, waren fort und August fühlte sich unendlich einsam. Er trottete zum Kühlschrank, doch außer dem grellen Licht war dort nichts zu finden. Mit einem schweren Seufzer knallte er die Tür zu. Er musste dringend Lebensmittel besorgen. Lustlos stieg er in sein Auto und fuhr in die Stadt. Auf dem Parkplatz verharrte er noch einen Moment und beobachtete die Menschen, die emsig ihre Einkäufe vor sich herschoben. Alles schien August so unbedeutend geworden.

Träge schob er den Einkaufswagen vor sich her und schlenderte durch die Gänge des Supermarktes. Vor den Konserven blieb er stehen. August wusste um seine Kochkünste, also packte er vier Konserven in den Wagen und er konnte fühlen, wie die Vitamine seinem Körper entfliehen wollten. August drehte sich um und knallte gegen einen anderen Einkaufswagen.

„Können Sie nicht aufpassen?“, grummelte er.

„Kommissar Lehmann?“

Er hob den Kopf und vor ihm stand die Prostituierte Marla Sperling. Er hatte sie nicht erkannt. Sie trug eine hellblaue Jeans und ein weißes Shirt. Ihr Gesicht schien so natürlich und rein und er hatte nicht vergessen, wie er sie beim letzten Treffen angestarrt hatte.

„Frau Sperling. Was machen Sie hier?"

Marla lächelte.

„Was glauben Sie denn? Ich kaufe ein, oder dachten Sie, dass Prostituierte nichts essen würden?"

„Nein ... Ja ... Also", stotterte August und sah sich dabei um. Marla warf einen Blick in seinen Wagen.

„Ernähren Sie sich immer so gesund?", fragte sie ironisch.

„Eigentlich nicht, aber ich bin kein guter Koch und da erscheinen mir Konserven doch eine gute Alternative."

„So ein Quatsch. Sie müssen sich doch gesund ernähren."

August wagte einen verstohlenen Blick in ihren Wagen und war sichtlich überrascht. Nur Gemüse, Obst und Mandelmilch.

„Was halten Sie davon, wenn ich etwas für Sie koche?"

„Ähm. Ich ... ich weiß nicht, ob das so eine gute Idee ist."

„Warum, weil ich eine Prostituierte bin? Ich bin auch ein Mensch, müssen Sie wissen."

„So meinte ich das nicht."

„Ich weiß schon, wie Sie das gemeint haben. Also. Haben Sie Lust auf ein gesundes Essen?"

August konnte wahrlich etwas Gesundes vertragen. Seit dem Tod seines Bruders ernährte er sich ausschließlich von Fast Food und schwarzem Kaffee, aber war es vernünftig, sich von einer Professionellen bekochen zu lassen? Er sah die neugierigen Nachbarn vor sich, die sich das Maul über ihn zerreißen würden. Doch die Einsamkeit ließ ihn nicht klar denken und sicherlich keine rationalen Entscheidungen treffen.

„Okay. Ich lege nur schnell die Konserven zurück."

Mit zwei vollen Taschen verließen sie den Supermarkt.

„Wo wohnen Sie?"

August runzelte die Stirn. Innerlich haderte er mit sich.

„Haben Sie es sich anders überlegt? Ich will mich nicht aufdrängen."

„Nein, das ist es nicht. Fahren Sie mir einfach nach."

August stieg in den Wagen, blickte in den Rückspiegel und wartete auf Marla, die ihm in einem kleinen Opel folgte. Sie war eine schöne Frau, aber er konnte nicht verstehen, warum eine Frau ihren Körper für Geld verkaufte. Er parkte am Straßenrand, deutete Marla in die Garage und sah sich dabei prüfend um. Es wollte sich das Getratsche ersparen. Marla ließ die Scheibe herunter.

„Verstecken Sie mich?"

„Ehrlich gesagt: Ja. Verstehen Sie das nicht falsch."

„Ich verstehe so einiges nicht bei Ihnen, aber das ist schon in Ordnung."

Marla fuhr ihren Wagen in die Garage und holte die Einkaufstaschen aus dem Kofferraum. Wieder blickte sich August um und prompt stand seine Nachbarin im Garten und gaffte zu ihm herüber. Natürlich vollkommen unauffällig, in dem sie einen halb gefüllten Müllbeutel in der Hand hatte. Sie nickte zu ihm herüber. August schüttelte den Kopf. Er empfand sein eigenes Verhalten für zu überzogen. Er war ein erwachsener Mann und musste sich nicht verstecken. August öffnete die Haustür. Er nahm Marla die Einkaufstaschen ab.

„Kommen Sie herein. Die Küche ist gleich da vorne."

Marla trat ein und sah sich um.

„Das ist ein sehr schönes Haus. Wohnen Sie schon lange hier?"

„Es ist ... Es war das Haus meiner Eltern. Nach ihrem Tod habe ich es geerbt und hier mit meiner Frau gelebt."

„Oh, Sie sind verheiratet?"

„Ja ... Nein."

Dabei fiel ihm ein, dass er noch keinen Anwalt konsultiert hatte, um die Scheidung einzureichen.

„Entscheiden Sie sich, Herr Lehmann", sagte sie mit einem neckischen Lächeln.

„Ich bin noch verheiratet, aber wir leben getrennt."

„Das tut mir leid. Waren Sie lange mit Ihrer Frau zusammen?"

„Ja, das war ich", sagte er nachdenklich.

„Entschuldigen Sie, ich wollte nicht neugierig sein."

„Nein, das sind Sie nicht. Also. Kochen wir zusammen?"

„Sehr gerne."

Marla würzte das Fleisch, während August das Gemüse schnippelte. Ihm kam diese Situation so surreal vor. Vor ein paar Wochen hatte er Marla noch in einem Negligé und High Heels gesehen und sie wie ein sabbernder Hund angestarrt. Und nun stand sie mit ihm in der Küche. Er grinste.

„Was ist so komisch?"

„Ach, gar nichts. Ich dachte nur gerade an ... an unsere erste Begegnung."

Marla legte das Messer beiseite und wurde schlagartig ruhig.

„Ich weiß nicht, ob ich Sie das fragen darf, aber was ist mit Emilias Mörder? Gibt es etwas Neues?“

„Ich darf nicht mit Ihnen darüber reden.“

„Das verstehe ich. Wissen Sie, sie war eine wirklich gute Freundin von mir und als ich von ihrem Tod erfahren habe, hat es mich wirklich erschüttert.“

„Es war ein schreckliches Verbrechen, aber ich kann Ihnen versichern, dass wir den Mörder finden werden.“

Er wollte Marla nichts von dem Fortschritt in seinen Ermittlungen erzählen und er hielt sich daran. Irgendwann würde sie es erfahren.

„Ich möchte Ihnen nicht zu nahe treten, aber wie wäre es, wenn wir uns duzen? Nur solange wir im Haus sind.“

August sah sie an, sah ihr tief in die Augen, die ihm plötzlich so vertraut schienen. Ihre Gegenwart beruhigte ihn und in diesem Augenblick fühlte er sich von seinem Schmerz befreit.

„Ja, sehr gerne“, sagte er und berührte dabei sachte ihre Hand.

„Darf ich etwas Persönliches fragen?“

„Nur zu.“

„Warum ... warum arbeitest du als ...“

„Du meinst, als Prostituierte?“

„Ja.“

Marla atmete tief ein. August erkannte, dass es ihr schwerfiel, darüber zu sprechen.

„Ich bin nicht mehr mit meinen Eltern zurechtgekommen. Meine Mutter hat nur gearbeitet, um uns über Wasser zu halten und mein Vater hat das ganze Geld versoffen. Uns blieb kaum etwas zum Leben. Mit 17 bin ich dann von zu Hause weggelaufen. Ich hatte nichts. Keinen Schulabschluss und keinen Cent in der Tasche. Nach ein paar Wochen auf der Straße bin ich Leopold begegnet. Er hat mich aufgenommen, mich versorgt."

„Das ist also seine Masche. Unschuldige und bedürftige Mädchen von der Straße auflesen und sie dann zu Prostituierten machen."

August knirschte mit den Zähnen.

„Mag sein, aber wir sind alle freiwillig bei ihm."

„Aber du musst doch zugeben, dass er die Hilflosigkeit ausnutzt."

„Das stimmt, aber er hat uns ein Zuhause gegeben und wir müssen nicht jeden Kunden ... Du weißt schon."

Während das Essen auf dem Herd stand, zeigte August Marla den Rest des Hauses. Es war ihm ziemlich peinlich, dass die Räume einem Chaos ähnelten.

„Einen Putzfimmel hast du nicht gerade, oder?"

August spürte, wie ihm die Schamröte ins Gesicht stieg.

„Nicht wirklich", sagte er kleinlaut

„Aber das Haus ist wirklich schön. Und so riesig. Hast du Kinder?"

August wurde in seine Erinnerungen zurückgeschleudert. Das Thema Kinder war zwischen ihm und Luise nie aufgekommen und plötzlich wurde ihm klar, dass er nie an eine Familie mit Luise gedacht hatte. Hatte er sie jemals aus tiefstem Herzen geliebt? Er war sich nicht mehr sicher und stellte plötzlich seine gesamte Ehe infrage.

„Nein, wir haben nie an Kinder gedacht."

Nach der Hausführung setzten sie sich an den Esstisch.

„Wow. Dein Gulasch ist wirklich sehr gut."

„Es freut mich, wenn es dir schmeckt."

„Von wem hast du so gut kochen gelernt?"

„Von einer Freundin. Ich war oft bei ihr. Meine Mutter war ja kaum zu Hause und gekocht hat sie schon gar nicht."

Sie redeten noch stundenlang. Die Zeit verflog und es war kurz vor Mitternacht.

„Ich sollte langsam fahren. Sonst macht sich Leopold noch Sorgen."

„Warum bleibst du nicht über Nacht? Ich gebe dir mein Schlafzimmer und ich übernachte im Gästezimmer."

„Warum nicht umgekehrt? Dafür ist doch ein Gästezimmer gedacht, oder etwa nicht? Ich bleibe sehr gerne. Ich muss nur schnell telefonieren."

Marla verschwand ins Wohnzimmer und holte ihr Telefon aus der Tasche. Ihr Herz klopfte, als sie Leopolds Nummer wählte. Sie wusste, dass ihm nicht gefallen würde, wenn sie nicht zurückkommen würde. Er wollte stets alles wissen und Marla durfte kein Detail auslassen. Er war ein Kontrollfreak und ließ ihr nur wenig Freiheiten. August wollte nicht lauschen, doch er ließ sich dazu hinreißen und schlich auf leisen Sohlen zum Wohnzimmer. Der Holzboden knirschte unter seinen Schritten und er verzog das Gesicht, als hätte er in eine Zitrone gebissen.

„Hallo, Leopold. Ich wollte dir nur kurz Bescheid geben, dass ich heute nicht mehr zurückkomme."

August neigte seinen Kopf etwas mehr zur Seite.

„Ich bin bei einer Freundin. Es geht ihr nicht so gut."

August nahm es ihr nicht übel, dass sie log. Er wollte sie nicht weiter belauschen und ging zurück in die Küche und räumte das Geschirr vom Tisch. Etwas geknickt kehrte Marla zurück.

„Alles in Ordnung?"

„Ja, alles in Ordnung", erwiderte sie und lächelte dabei etwas gequält.

„Wenn du nicht bleiben möchtest, dann sag es ruhig. Ich will dich nicht in Schwierigkeiten bringen."

„Nein, du bringst mich nicht in Schwierigkeiten."

Verschlafen rieb sich August die Augen. Seit Langem hatte er ein paar Stunden am Stück geschlafen. Leise öffnete er die Schlafzimmertür und horchte. Alles still. Marla schien noch zu schlummern. August setzte Kaffee auf und einen Augenblick später kam sie die Treppe herunter.

„Guten Morgen, Marla. Hast du gut geschlafen?"

Sie gähnte und streckte sich.

„Danke, ich habe sehr gut geschlafen. Dein Gästebett ist wirklich bequem."

„Möchtest du einen Kaffee?"

Marla schaute auf die Uhr.

„Ein anderes Mal. Ich bin spät dran."

Sie kam näher, strich sanft über seinen Arm und blickte ihm tief in die Augen. August spürte ein Kribbeln, es prickelte angenehm auf seiner Haut.

„Okay. Kochen wir mal wieder zusammen?"

„Ja klar. Ich ruf dich an."

Marla verließ das Haus. Kaum hatte sie die Tür hinter sich geschlossen, fühlte August sich schlagartig einsam und er fragte sich, ob Marla diese Leere in ihm füllen konnte.

Der Papierkram auf seinem Schreibtisch stapelte sich bis an die Decke. Seufzend saß er davor und ihm verging jegliche Lust, den Haufen zu bearbeiten. Ludger Sommer kam mit einem breiten Grinsen auf ihn zu.

„Guten Morgen, Lehmann. Wie ich gehört habe, war die Durchsuchung ein voller Erfolg."

„Das hoffe ich."

„Nicht so bescheiden. Wir haben die Tatwaffe und ein Motiv."

„Vielleicht. Anscheinend gibt es ein Dutzend Leute, die ein Motiv hatten, Emilia zu ermorden."

„Aber Sie hatten den richtigen Riecher", sagte er mit einem Augenzwinkern. Friedrich kam mit hängenden Schultern ins Büro und steuerte Augusts Schreibtisch an. Sommer drehte sich um.

„Guten Morgen, Peters. Sie sehen etwas angeschlagen aus", sagte Sommer

„Ja, ich fühle mich auch nicht gut. Kann ich Sie für einen Moment sprechen?"

„Natürlich. Gehen wir in mein Büro."

„Das ist nicht nötig. August weiß über alles Bescheid."

„Gut. Was ist Ihr Anliegen?"

„Ich brauche ein paar Wochen Urlaub. Es geht um meine Frau."

„Was ist mit Ihrer Frau?"

Friedrich wollte seinem Chef keine Einzelheiten preisgeben.

„Sie ist sehr krank und braucht mich jetzt. Ich würde nicht fragen, wenn es nicht dringend wäre."

„Natürlich bekommen Sie Urlaub. Vorausgesetzt, Lehmann kommt ohne Sie klar“, sagte er und schaute dabei in Augusts Richtung.

„Das ist überhaupt kein Problem. Der aktuelle Fall ist so gut wie abgeschlossen“, sagte August, der spürte, dass Friedrichs Lage ernst war.

„In Ordnung. Wie lange brauchen Sie Urlaub?“

„Ich denke, drei Wochen.“

„Gut, den sollen Sie bekommen. Alles Gute für Ihre Frau.“

August wartete, bis Sommer außer Sichtweite war.

„Was ist passiert?“, fragte August besorgt.

„Der Krebs streut und ist in ihrem Kopf. Sie will in ein Hospiz. Marie hat sich aufgegeben und ich kann nichts dagegen unternehmen“, sagte Friedrich und kämpfte dabei mit den Tränen. August legte seine Hand auf Friedrichs Schulter und drückte sanft zu. Das Gefühl der Hilflosigkeit war August nur zu vertraut.

„Es tut mir aufrichtig leid. Gibt es keine Behandlungsmöglichkeit mehr?“

„Nein. Ihr Körper ist voller Metastasen. Ihr bleiben nur ein paar Wochen und die will ich mit ihr verbringen.“

„Natürlich. Du musst jetzt bei ihr sein. Wenn ich etwas für euch tun kann, dann scheu dich nicht, mir Bescheid zu geben.“

Friedrich blickte in Augusts Augen. Noch vor ein paar Wochen hatte er sich nicht vorstellen können, mit diesem Hitzkopf zu arbeiten. Er hatte keine gute Meinung von August, was er ihn hatte spüren lassen, aber er hatte zu vorschnell geurteilt und sich getäuscht.

„Ich danke dir, August.“

August ließ sich auf seinen Stuhl fallen und legte den Kopf in den Nacken. Der Erfolg, den Fall beinahe abgeschlossen zu haben, bedeutete ihm nichts. Die Befriedigung stellte sich nicht ein. Nichts mehr hatte eine Bedeutung. Lara näherte sich ihm.

„August? Alles in Ordnung?"

Er schreckte auf, der Stuhl kippte und er versuchte, sich an dem Rand des Tisches festzukrallen, doch er verlor das Gleichgewicht und stürzte zu Boden. Lara brach in Gelächter aus.

„Ja, sehr witzig", grummelte er und richtete sich wieder auf.

„Tut mir leid, August. Ich wollte dich nicht auslachen."

„Schon gut."

„Ich habe hier den Bericht für dich. Du hast eine Verdächtige?"

„Ja, sieht so aus."

Lara neigte den Kopf zur Seite und wartete darauf, dass August ihr einen Knochen zuwarf.

„Und? Wer ist es?"

„Warum bist du so neugierig?"

„Einfach nur so. Jetzt sag schon."

„Sie heißt Kerstin Gruber. Sie hat Emilia sehr gut gekannt und genug Gründe, sie umzubringen."

Lara grinste, doch bevor August etwas davon bemerkte, drehte sie sich um und stöckelte davon.

Der Abendverkehr war ruhig, die untergehende Sonne kratzte an den Dächern der Wolkenkratzer. August fuhr an der Niddastraße vorbei. Ein heftiger Stich durchbohrte sein Herz und er sah das Gesicht seines Bruders vor sich. Er fühlte sich schuldig. Er hätte ihn nicht alleine lassen dürfen. August hätte es besser wissen müssen. Als Bruder hatte er gnadenlos versagt und dieses Gefühl würde ihn für immer verfolgen.

Kaum hatte er die Tür hinter sich geschlossen, umklammerte ihn die Einsamkeit und die gespenstische Stille. Das Schuldgefühl nagte an ihm und sein Atem beschleunigte sich. Kalter Schweiß trat ihm auf die Stirn, sein Herz begann zu rasen und das Atmen fiel ihm immer schwerer. Ein Donnern tobte in seiner Brust. Er hyperventilierte. August schleppte sich in die Küche. Seine Beine gaben nach und er sank zu Boden. Seine Wange berührte die kalten Fliesen. Er lag da, wie ein Fisch, der an Land geworfen wurde und in diesem Moment wünschte er sich den Tod.

Marla warf einen prüfenden Blick in den Spiegel. Mit ihrer Hand fuhr sie über ihre kurvige Hüfte und zog dabei den Bauch ein. Sie fühlte sich fremd in ihrem Körper. Für sie war er nur noch eine Ware, an der sich andere bedienten. Sie verspürte den Drang nach Freiheit, nach Selbstbestimmung und dachte dabei auch an August. Bei ihm fühlte sie sich wieder wie eine normale Frau, auch wenn es nur ein paar Stunden gewesen waren. Das Klopfen an ihre Tür war zaghaft. Marla rollte mit den Augen, als Leopold eintrat. Nah trat er an sie heran, nahm eine Strähne ihres Haares und legte es in den Nacken. Sein Mund näherte sich ihrem Hals. Sie spürte seinen Atem auf ihrer Haut. Seine Hände wanderten über ihre Hüfte, bis hinauf zu ihrem Busen und Marla verzog angewidert ihren Mund. Leopold stöhnte in ihr Ohr, rieb sich seinen Schritt an ihrem Po und

Marla spürte sein hartes Glied. Sie konnte seine Berührungen nicht ertragen und schubste ihn weg.

„Ich will das nicht."

Leopold starrte Marla verblüfft an, eine Abfuhr war etwas, das ihm unbekannt war.

„Was ist mit dir? Das hat dir doch immer gefallen", säuselte er.

Marla verschränkte die Arme vor ihrer Brust. Sie wollte sich einer weiteren Berührung entziehen.

„Ich ... ich will das einfach nicht mehr. Bitte akzeptiere das." Doch ihre Stimme war piepsig und leise. Leopold lachte höhnisch. Marla zuckte zusammen. Sie wusste, was es bedeutete, ihn zu verärgern. Von Angst getrieben, wollte sie an ihm vorbei, doch er packte grob ihren Arm und riss sie herum. Leopold drängte sie zurück, drückte sie gegen die Wand und packte ihren Hals. Sein Griff war fest und Marla blieb die Luft weg. Die Furcht, die sich in ihren Augen spiegelte, spornte ihn nur noch mehr an.

„Du gehörst mir", fauchte er in ihr Ohr und fletschte dabei die Zähne wie ein wildes Tier. Die Panik trieb ihren Herzschlag in die Höhe.

„Ich gehöre niemanden", kreischte sie und versuchte, sich zu befreien, doch Leopolds Griff wurde fester.

„Du bist ein Nichts. Du hast nichts und niemanden. Denk daran, dass ich dich von der Straße aufgelesen habe."

Leopold hatte recht. Marla hatte nichts und niemanden. Sie war allein und seiner Gewalt vollkommen ausgeliefert. Ohne ihn würde sie wieder auf der Straße landen und sich für ein paar Euro billig verkaufen. Auf diesem harten Pflaster würde sie niemand beschützen und die anderen Frauen würden sie mit Haut und Haaren verschlingen. Marla brach in bittere Tränen aus.

„Du hast recht. Ich habe nur dich", wimmerte sie und Leopold lockerte seinen Griff. Er küsste sie grob und seine Hände wanderten über ihren Körper. Marla schüttelte es vor Ekel, doch sie hatte keine andere Wahl, als sein Verlangen zu stillen.

„Jetzt zieh dich aus und leg dich aufs Bett", befahl er mit einem harschen Ton. Nur widerwillig streifte Marla ihre Unterwäsche herunter.

August lag noch immer auf dem Boden. Seine Atmung hatte sich etwas beruhigt, doch er machte keine Anstalten, sich wieder aufzurichten. Er wusste nicht, ob er seit Minuten oder Stunden auf dem Boden verharrte, bis sein Telefon klingelte. August reagierte nicht und das Klingeln verstummte. Kurz darauf klingelte es wieder. Lang und aufdringlich. August stöhnte und quälte sich hoch Sein linkes Bein war eingeschlafen und er humpelte in den Flur. Es war das Kommissariat.

„Lehmann", grummelte er.

„August. Mayer am Apparat. Es geht um deinen Bruder. Wir haben einen Verdächtigen."

Ohne ein weiteres Wort legte August auf. Das Herz schlug ihm bis zum Hals. Seine Kehle war staubtrocken und das Schlucken fiel ihm schwer. Mit zittrigen Händen schnappte er sich die Autoschlüssel und stürmte durch die Tür. Die Nachbarschaft schlief bereits und erst jetzt wurde ihm bewusst, wie lange er auf dem Boden gelegen hatte. Seine Hände umklammerten das Lenkrad. Er konnte spüren, wie die Hitze seinen Körper zum Kochen brachte. Inständig hoffte er, dass sie das

Schwein, das seinen Bruder ermordet hatte, endlich dingfest machen konnten.

Im Büro war es still. Nur in ein paar Räumen brannte das Licht. Es herrschte eine gespenstische Stille. August suchte den Verhörraum auf, als ihm Mayer praktisch in die Arme lief. August konnte ihn nicht besonders leiden. Jeden Tag kam der in einem maßgeschneiderten Anzug ins Büro. Sein schwarzes Haar, das akkurat nach hinten gekämmt war, erinnerte an die 20er-Jahre. Seine übergroßen Ohren kamen so noch mehr zur Geltung. Er war ehrgeizig und duldete keine Konkurrenten neben sich, weswegen er am liebsten alleine ermittelte. Es stand außer Frage, dass er ein guter Kommissar war, doch seine Methoden waren grob und unsensibel. Beinahe so, wie es August früher auch gehalten hatte.

„Du siehst scheiße aus, Lehmann", sagte Mayer.

„Ja, ja, wie auch immer. Wo ist der Verdächtige?"

„Gleich hinter mir. Ich versuche ihn weichzukochen."

„Wo habt ihr ihn festgenommen und wie seid ihr auf ihn gekommen?"

„Im Bahnhofsviertel. Er ist ein verdammter Junkie, der randaliert hat. Er hatte ungewöhnlich viel Geld bei sich und die Beschreibung perfekt auf ihn. Der Kneipier hat ihn in der Nacht mit deinem Bruder gesehen. Er hat ein Gespräch belauscht und dein Bruder ..."

„Was war mit meinem Bruder?", fragte August ungeduldig.

„Dein Bruder hat mit dem Geld geprahlt, das er bei sich hatte. Das war sehr dumm."

August schnaufte, packte Mayer und drückte ihn gegen die Wand.

„Überlege dir ganz genau, was du jetzt sagst", knurrte August. Mayer schubste August von sich weg und rückte seinen Anzug zurecht.

„Das wird Konsequenzen haben", sagte Mayer und ballte die Faust.

August betrat den Raum, in dem er durch die Scheibe das Geschehen beobachten konnte. Der Junkie saß mit nacktem Oberkörper auf dem Stuhl. Er rutschte hin und her, als ob ein Haufen Ameisen auf seiner Haut krabbeln würden. Sein Torso war übersät mit offenen Stellen, ebenso sein Gesicht. Seine Zähne waren nur noch teilweise vorhanden. Ständig kratzte er sich seine Wunden. Mayer betrat den Raum und der Junkie sprang vom Stuhl. Der Beamte hatte Mühe, ihn wieder auf den Stuhl zu drücken.

„Ich will hier raus!", brüllte er.

Mayer setzte sich ihm ruhig gegenüber und öffnete seine Akte.

„Ihr Vorstrafenregister ist prall gefüllt, Herr Schulze."

„Ja und? Sie halten mich widerrechtlich fest."

„Das ist nicht wahr. Sie haben einen Passanten angegriffen. Warum?"

„Ach, der Idiot wollte, dass wir von der Straße verschwinden. Er hat mich und meine Braut als Schande bezeichnet. Da habe ich ihm eine Ohrfeige verpasst. Ich lasse mich doch nicht von meinem Platz vertreiben."

„Seit wann leben Sie auf der Straße?"

„Ein paar Jahre. Meine Alte hat mich rausgeworfen. Diese faule Schlampe. Aber Ingrid ist anders."

„Warum? Weil sie mit Ihnen die Drogen teilt?"

„Ja, genau. Woher wissen Sie das? Sie sind ja ein ganz schlaues Kerlchen."

„Woher hatten Sie das viele Bargeld?"

Schulzes Beine wippten auf und ab, er fuhr sich mit der Hand über den Mund.

„Das Geld ist von Ingrid."

„Und woher hat sie das viele Geld? Es waren 3000 Euro."

„Na ja. Sie ist eine Prostituierte und hat es verdient."

„3000 Euro?", fragte Mayer ungläubig.

„Sie ist sehr fleißig", sagte der Junkie mit einem schmierigen Grinsen.

„Kennen Sie einen Simon Lehmann?"

Plötzlich wurde Schulze kreidebleich. Er zog seinen Kopf zurück und drückte dabei ein Doppelkinn heraus.

„Nee. Kenne ich nicht", behauptete er sichtlich nervös.

„Sie wurden mit Simon Lehmann in einer Kneipe gesehen, wo sie sich mit ihm über Geld unterhalten haben sollen. Der Besitzer kann sich genau dran erinnern und hat Sie beschrieben."

Schulze schluckte, die Luft um ihn herum wurde dünner.

„Sie haben Lehmann das Geld abnehmen wollen, um Ihren enormen Drogenkonsum zu finanzieren. Ist es nicht so gewesen?"

„Nein, nein. Ich habe den Typen nicht angerührt!"

„Sie wollen mir also immer noch erzählen, dass Ihre Freundin das Geld verdient hat?"

„Ja, genau."

„Das nehme ich Ihnen nicht ab. Geben Sie zu, dass Sie Simon Lehmann ermordet haben."

„Ich gebe gar nichts zu. Ich kenne diesen Typen nicht einmal."

„Wir werden sehen.“

Mayer verließ den Verhörraum und steuerte schnurstracks den Nebenraum an. Jede Faser und jeder Muskel seines Körpers waren gespannt. August fixierte den Junkie. Er war sich sicher, dass er den Mörder seines Bruders vor sich sah. Unwillkürlich ballte er seine Faust und war kurz davor auf die Scheibe einzuhämmern.

„Das nennst du weichkochen? Sonst scheust du dich auch nicht, einen Verdächtigen so richtig in die Mangel zu nehmen.“

„Warte es ab. Wir behalten ihn hier und irgendwann wird sein Körper nach den Drogen schreien und er wird uns alles sagen, nur um an den nächsten Schuss zu kommen.“ Mayer grinste selbstgefällig.

„Was ist mit der Tatwaffe?“

„Die wird noch untersucht, aber du weißt, dass es in der Mordnacht stark geregnet hat. Die Chancen, Fingerabdrücke zu finden, sind gleich null.“

August nickte und gleichzeitig tobte ein Sturm in seinem Inneren.

„Ich weiß.“

Endlose Stunden vergingen und Mayer ließ den Verdächtigen weiterschmoren, um ihn dann wieder mit seinen Fragen mürbe zu machen. Schulze wurde zusehends unruhiger, seine Aussagen widersprachen sich immer mehr, doch er gab die Tat nicht zu. Mayer ließ die Haft anordnen.

Ingrid Böhm saß mit verschränkten Armen auf dem Stuhl. Ihr blondes Haar ähnelte einem Vogelnest. Der Minirock, den sie trug, war zerfetzt. Der tiefrote Lippenstift war verschmiert und ließ sie wie ein Clown wirken. Mit offenem Mund kaute sie einen Kaugummi. Sie hustete kränklich, wischte sich den Rotz, der aus ihrer Nase lief, mit dem Handrücken ab und schmierte die eklige gelbe Flüssigkeit in ihren Rock. Mayer betrat den Raum und Ingrid grinste verschlagen.

„Na, Süßer. Soll ich dir etwas Gutes tun?“, fragte sie plump. Mayer verzog seinen Mund zu einem dünnen Strich und warf ihre Akte auf den Tisch.

„Sie wissen, worum es geht?“

Weiter kaute sie ihren Kaugummi mit offenem Mund. Mayer betrachtete ihr Gebiss, das kaum noch vorhanden war. Gelbe und braune Stumpen. Ihr Gesicht war gezeichnet von dem Leben auf der Straße, der Prostitution, dem Drogenkonsum und der Gewissheit, alles verloren zu haben.

„Ich weiß gar nichts“, erwiderte sie hochnäsig.

„Ihr Freund, Matthias Schulze, ist des Mordes verdächtig.“

„So ein Blödsinn. Mein Matthias kann doch niemanden ermorden.“

„Er wurde mit dem Opfer gesehen.“

„Ich weiß nicht, was Sie wollen. Ich weiß von gar nichts.“

Egal wie sehr Mayer auf Ingrid einredete, sie schwieg und stritt jede Beschuldigung ab. schließlich konnte er sie nicht länger halten und musste sie gehen lassen.

Fest umklammerte Marla ihre Arme. Sie spürte, dass sie beobachtet wurde. Sie drehte sich um und sah in funkelnde Augen, die sie kritisch und abfällig beobachteten. Marla fühlte sich schmutzig und missbraucht.

August öffnete die Tür und war überrascht über Marlas Erscheinen.

„Hallo, August. Darf ich reinkommen“, fragte sie zaghaft.

„Ja, natürlich“, erwiderte er etwas verwirrt. Noch immer starrte seine Nachbarin zu seinem Haus hinüber und verrenkte dabei ihren Hals, um etwas zu sehen. August brannte vor Wut. Er hatte ihre Blicke lange genug unkommentiert gelassen, doch nun war es genug. Mit festen Schritten betrat er ihr Grundstück.

„Gibt es ein Problem, Frau Albrecht?“, fragte August scharf.

Verblüfft über sein Erscheinen, stockte ihr der Atem. Sie rückte ihren Haushaltskittel zurecht und fuhr sich durch ihr ergrautes Haar.

„Ich weiß nicht, was Sie meinen, Herr Lehmann“, sagte sie selbstsicher.

„Ist Ihr Leben denn so langweilig? Müssen Sie ständig mein Grundstück inspizieren?“

„Nun ja. Ich mache mir nur Sorgen um unseren Ruf. Das ist ein anständiges Viertel“, fügte sie mit einem Unterton hinzu.

„Ich kenne dieses Viertel. Ich bin hier aufgewachsen.“

„Wenn das Ihre Eltern noch sehen könnten.“

August plusterte sich auf. Die Unverschämtheit dieser Frau erreichte gerade ihren Gipfel.

„Reden Sie nicht über meine Eltern!“ August schnaubte und die Nachbarin wich ängstlich zurück.

„Halten Sie sich gefälligst aus meinen Angelegenheiten heraus.“ Er drehte sich um und verließ das Grundstück.

„Eine Unverschämtheit“, keifte sie ihm nach. August warf die Haustür mit einem kräftigen Schwung zu. Marla stand im Flur und ihre Gesichtszüge deuteten auf ein Schuldgefühl hin.

„Es tut mir leid, August. Ich will dir keine Probleme bereiten. Es ist wohl besser, wenn ich wieder gehe.“ Sie steuerte die Haustür an, doch August stellte sich ihr in den Weg.

„Nein, du bleibst. Ich lasse mir doch nicht vorschreiben, wer in mein Haus darf. Die alte Spinatwachtel hat sie wohl nicht mehr alle.“

Marla konnte sich ein Lachen nicht verkneifen.

„Spinatwachtel. Das habe ich schon ewig nicht mehr gehört.“

August musterte Marla. Noch immer rieb sie sich ihre Oberarme und August konnte die blauen Flecken sehen. Er wusste nicht, wie er darauf reagieren sollte.

„Was ist passiert? Warum bist du hier?“

Marla zögerte. Sie kannte August kaum, aber sie hatte niemanden, zu dem sie hätte gehen können. Erst jetzt wurde ihr bewusst, wie alleine sie war.

„Ich ... ich musste dort raus.“

„Sag mir doch bitte, was passiert ist.“

„Mein Körper gehört mir. Mir ganz allein“, schrie sie hysterisch und fiel August dabei in die Arme. Nur zögerlich berührte er Marla, die ihren Kopf an seine Brust lehnte und dabei bitterlich weinte. Sanft drückte er sie von sich weg, ohne dabei unhöflich zu wirken.

„Bitte halt mich“, sagte sie verzweifelt. So sehr er ihr auch Trost schenken wollte, er wehrte sich dagegen.

„Komm. Setz dich“, sagte er und schob sie dabei ins Wohnzimmer. Wie ein kleines Häufchen Elend ließ sich Marla auf das Sofa fallen und schluchzte.

„Ich hole dir etwas zu trinken.“

August floh regelrecht. Er stützte seine Hände auf die Arbeitsplatte und atmete tief durch. Die Situation überforderte ihn und er wollte sich ihr entziehen, aber er konnte Marla nicht einfach vor die Tür setzen. Er öffnete den Kühlschrank, griff nach einer Flasche Wasser und stellte fest, dass sonst nichts außer dem Licht im Kühlschrank war. Er biss sich auf die Lippe, als er Marla die Flasche Wasser reichte. Dankbar nahm Marla diese an und nahm einen kräftigen Schluck.

„Er missbraucht mich“, sagte sie

„Wer? Ein Kunde?“

„Nein. Leopold. Ich muss ihm zur Verfügung stehen. Egal wann, egal wie. Ich halte das nicht mehr aus. Ich will meinen Körper nicht länger beschmutzen. Er gehört mir und ich verlange ihn zurück.“

August stand einfach nur da. Regungslos. Schweigend.

„Kann ich bei dir bleiben?“, fragte sie mit großen und unschuldigen Augen. In seinem Kopf ratterte es. Er hatte seine Frau verlassen, sein Bruder ist Opfer eines Verbrechens geworden und zu alledem hatte er mit seiner Sekretärin geschlafen und sie sofort danach abgewiesen. Jetzt saß eine Prostituierte auf seinem Sofa und verlangte seine Hilfe. August war sich sicher, dass er sich in einem Albtraum befand, aber alles um ihn herum war real. Er musste eine Entscheidung treffen. Noch immer blickte Marla ihn Hilfe suchend an.

„Gut. Du kannst bleiben. Aber du musst von dort weg."

Marla sprang auf und klammerte sich an ihn.

„Ich danke dir. Du rettest mir das Leben", sagte sie erleichtert.

August hielt diese Aussage für etwas übertrieben, doch er ahnte nicht, was das wirklich zu bedeuten hatte. Marla holte ihre Sachen aus dem Auto und richtete sich im Gästezimmer ein. In diesem Augenblick fühlte sie sich wieder frei. Nie wieder würde sie zu Leopold zurückkehren und ihren Körper verkaufen. doch wie sollte es weitergehen? Marla hatte in ihrem Leben nie etwas anderes getan. Sie hatte ihren Eltern den Rücken gekehrt, die Schule abgebrochen und auf der Straße gelebt. Eine Weile könnte sie von ihren Ersparnissen leben, doch die würden nicht ewig reichen. Sie ließ sich aufs Bett fallen und starrte an die Decke. Sie fühlte sich so unendlich schmutzig. Seine Berührungen klebten noch immer auf ihrer Haut. Ruckartig richtete sie sich auf, streifte ihre Kleidung herunter und stellte sich unter die Dusche. Sie drehte das Wasser auf und ließ es heiß werden, doch das reichte ihr nicht. Sie griff nach einer Bürste und schrubbte ihre Haut. So lange, bis ihre Haut unter dem heißen Wasserstrahl aufriss. Dann sackte sie zusammen.

Die Tage vergingen und Marla lebte immer mehr in Angst. Angst davor, dass Leopold sie finden würde. Sie fühlte sich nicht sicher und die Paranoia trieb sie langsam in den Wahnsinn. August betrat ahnungslos das Gästezimmer und sah den hoffnungslosen Schimmer in ihren Augen.

„Alles in Ordnung?"

Sie rannte ihm direkt in die Arme.

„Ich habe furchtbare Angst. Er wird mich finden und mich an den Haaren zurück in das Bordell schleifen. Ich weiß es, ich kann es spüren."

August konnte die Panik, die sich in ihren Augen widerspiegelte, förmlich greifen. Sanft strich er über ihr Haar und Wange und ohne Vorwarnung küsste sie August. Ihre Lippen waren so weich und verlangten nach mehr. Marlas Hände wanderten über seine Brust, zur Hüfte und in seinen Schritt. Hier stoppte August Marla und drückte sie sanft, dennoch bestimmt, von sich weg.

„Das ist nicht richtig. Wir dürfen das nicht."

Ihre Augen waren hungrig, verführerisch biss sie sich auf die Lippe.

„Warum nicht? Niemand sieht uns", hauchte sie. August atmete schwer. Er versuchte sich gegen ihre Reize zu wehren. Von Anfang an fühlte er sich zu ihr hingezogen, aber der Gedanke daran, dass bereits Hunderte von Händen ihren Körper berührt hatten, schreckte ihn ab. Er war weiß Gott kein Moralapostel, aber das war selbst für ihn nicht mit seinen Vorstellungen zu vereinbaren. Marla dachte nicht daran, von August abzulassen. Sie rieb sich an seinen Schritt und spürte, dass August es auch wollte. Mit aller Kraft wehrte er sich dagegen. Die Stimme in seinem Kopf befahl ihm, von ihr abzulassen. Doch auch in seinem Inneren tobte ein Sturm und er ließ sich einfach fallen. Er versuchte, alles zu vergessen. Er widersetzte sich jeder Regel und jeder Moral. August küsste sie mit einer Leidenschaft, die er noch nie zuvor gespürt hatte. Zärtlich wanderte sein Mund zu ihrem Hals. Ihre Haut war wie Samt und ihr Duft betörte ihn. Behutsam griff er nach ihrem Shirt und berührte ihren Bauch, ihren Busen und er spürte Marlas klopfendes Herz. Sanft knabberte sie an seinem Ohr, ihre Hände suchten sich den Weg zu seiner Hose. Langsam zog sie den Reißverschluss auf. Ihre Berührungen ließen ihn lustvoll stöhnen. Marla legte sich aufs Bett und spreizte bereitwillig ihre Beine, ihre Blicke wanderten über Augusts durchtrainierten Körper. Er beugte sich über sie. Ihre Beine wickelten sich um seinen Po.

„Ich will dich spüren", hauchte sie in sein Ohr.

Die Morgensonne suchte sich ihren Weg durch die Vorhänge. Marlas Hand lag auf seiner glatten Brust und ihre Lippen formten sich zu einem gelassenen Lächeln. Sie drückte ihre Schenkel gegen seine und August öffnete die Augen. Er rieb sich die Augen.

„Du bist wohl ein kleiner Nimmersatt."

Marla legte die Decke zur Seite und legte sich auf seinen nackten Körper.

„Und wie ich spüre, bist du wohl auch ein Nimmersatt", flüsterte sie.

Diesmal nahm er sie hart und stürmisch, bis sie vor Erschöpfung erneut einschliefen.

Ein Klingeln drang in sein Ohr. August konnte es im ersten Moment nicht einordnen. War er wach, oder schlummerte er noch im Land der Träume? Dann riss er die Augen auf. Jemand war an der Tür. August schälte sich aus dem Bett und suchte nach seiner Unterhose. Marla verfolgte mit ihrem Blick jede seiner Bewegungen, betrachtete seinen perfekten, muskulösen Körper.

„Suchst du etwas?"

„Meine Unterwäsche. Hast du sie gesehen?"

Wieder klingelte es. August empfand es als aufdringlich und aggressiv. Entnervt griff er nach einem Handtuch, das auf dem Boden lag und bedeckte damit seine Blöße. Eilig rannte er die Treppe herunter, denn das Klingeln nahm kein Ende. Ein Blick auf die Uhr verriet ihm, dass es bereits Mittag war. Er und Marla hatten den halben Tag verschlafen.

„Ich komme ja schon", rief er gereizt. Als er die Tür öffnete, stand Lara vor ihm. Er griff erneut zum Handtuch, um sicherzugehen, dass es nicht herunterrutschte. Es war ihm sichtlich unangenehm, dass Lara ihn so sah. Das schlechte Gewissen brannte in ihm und er sah immer wieder zur Treppe. Lara durfte unter keinen Umständen sehen, dass Marla bei ihm war.

„Guten Morgen, August. Hast du bis jetzt geschlafen?"

„Ja ... Ja. Ich bin spät ins Bett und konnte nicht schlafen."

„Ich habe uns etwas zu essen besorgt. Darf ich reinkommen?"

Gerade als Lara die Schwelle übertreten wollte, stellte sich August ihr in den Weg.

„Ach, weißt du, Lara. Ich bin noch sehr müde und ich fühle mich auch nicht so gut", log August. Sein Blut kochte und er hoffte inständig, dass Marla nicht herunterkommen würde. Lara noch einmal zu verletzen, war das Letzte, was er wollte. Dabei fiel ihm auf, wie hartnäckig sie war. Sie wollte einfach nicht aufgeben, obwohl er sie so respektlos abgewiesen hatte. Ihr Verhalten schien ihm doch sehr bedenklich und dann drang Marlas Stimme in sein Ohr.

„August? Wer ist denn an der Tür?"

August kniff die Augen zu und verzog seinen Mund. Unter seiner Haut brannte es und er wagte es nicht, die Augen wieder zu öffnen, um zu sehen, wie Lara das Herz erneut brach. Nur ein Laken verdeckte Marlas nackten Körper und Lara riss ihren Mund weit auf. Zornesröte stieg in ihr Gesicht und der Unterkiefer zitterte unkontrolliert. Die Nasenflügel weiteten sich. Wutschnaubend warf Lara August das Essen ins Gesicht. Asiatische Nudeln bedeckten seinen Oberkörper und die Haare.

„Du bist ein mieses Schwein, August Lehmann", brüllte sie und stapfte fuchsteufelswild davon. Unter Stöhnen und gesenktem Kopf warf August die Tür zu. Marla stand das schlechte Gewissen ins Gesicht geschrieben.

„Es ... es tut mir leid. Ich wollte nicht ..."

„Schon gut. Es ist nicht deine Schuld, sondern meine."

„Wer war das?"

„Lara. Sie ist meine Sekretärin. Es ist eine lange Geschichte."

August befreite sich von den heißen Nudeln und stellte sich unter die Dusche. Er lehnte seine Arme an die Wand und ließ das Wasser an seinem Körper herunterlaufen. Die Gedanken in seinem Kopf überschlugen sich. Es war mehr als ein Schuldgefühl. August fühlte sich wie ein mieses Arschloch. Seine Hand ballte sich zu einer Faust und er schlug gegen die Fliesen. War er jetzt noch dazu fähig, Lara in die Augen zu sehen? Er schämte sich in Grund und Boden. Wieder hatte er Lara vor den Kopf gestoßen, dabei hatte sie genug erlitten.

August schlüpfte in einen Jogginganzug und schleppte sich die Treppen nach unten. Marla sammelte die Überreste der Nudeln auf.

„Was machst du?"

„Ich ... ich dachte. Ach, ich weiß auch nicht. Es ist mir wirklich sehr unangenehm, dass sie mich gesehen hat. Ich hätte nicht runterkommen dürfen. Das war sehr dumm von mir."

Marla versuchte, die Tränen zurückzuhalten. August nahm ihre Hand.

„Es ist nicht deine Schuld. Ich hätte nicht ... Wir hätten nicht ..."

Ein Stromschlag durchzuckte ihren Körper. Übelkeit drückte auf ihren Kehlkopf. Sie ahnte bereits, was nun folgen würde.

„Liebst du sie?", fragte Marla mit zitternder Unterlippe.

„Was? Nein. Es ist nur so ... Ich weiß nicht, wo ich anfangen soll. Lara ist in mich verliebt. Eine ganze Weile. Nach dem Tod meines Bruders waren wir alle im Haus und haben etwas gegessen und miteinander geredet. Ich bin ins Badezimmer und Lara ist mir gefolgt. Ich habe mich hinreißen lassen und habe mit ihr geschlafen. Ich weiß, dass es ein Fehler war. Das hätte nicht passieren dürfen. Ich wusste ja, dass sie in mich verliebt ist und ich habe das ausgenutzt."

„Ich verstehe. Willst du, dass ich gehe?"

August sah ihr in die Augen und hielt einen Moment inne. In den letzten Wochen konnte er nicht klar denken und keine rationalen Entscheidungen treffen und er fragte sich, ob Marla eine davon war. Sie war eine Prostituierte und in den Fängen ihres Zuhälters.

Konnte es mit so einer Frau eine Zukunft geben, oder wollte er einfach nicht alleine sein? Marla interpretierte sein Schweigen bereits als Antwort. Davon bitter getroffen nickte sie und drehte sich um. In seinem Inneren fand ein Kampf statt. August war hin- und hergerissen. Doch letztendlich wollte er Marla nicht gehen lassen und griff nach ihrer Hand.

„Bleib bei mir. Ich brauche dich“, flüsterte er. Alles fiel von Marla ab und sie lehnte sich an seine Brust. Fest umschlangen ihre Arme seinen Oberkörper. Sie waren sich fremd und doch so vertraut.

KAPITEL 13

Mit wachen Augen schlich August den Flur entlang. Immer die Angst im Nacken, er könnte auf Lara treffen. Es würde ihn nicht wundern, wenn sie ihm an die Kehle springen würde. Er hatte sie abserviert und durch eine Prostituierte ersetzt. Mit geducktem Kopf eilte er an seinen Schreibtisch und atmete erleichtert auf. Er beschloss, sich den ganzen Tag nicht vom Fleck zu rühren, was ihm selbst lächerlich erschien. Mayer steuerte Augusts Arbeitsplatz an, in der Hand hielt er eine Akte. Er war so geleckt wie an jedem anderen Tag. Perfekt sitzender Anzug und die Haare akkurat gekämmt. Er schien noch immer mürrisch zu sein. August hätte ihn nicht auf die Art und Weise angreifen dürfen. Ohne Umschweife warf er die Akte auf seinen Schreibtisch und stemmte seine Hände in die Hüften.

„Er war es. Es gab einen brauchbaren Fingerabdruck auf dem Messer und der stammt von Matthias Schulze."

Eine Sturmflut überrollte August. In Windeseile überflog er die Papiere. Seine Blicke rasten über die Ergebnisse. Der Mörder seines Bruders stand also fest und ihn überkam eine Genugtuung, die er nicht in Worte fassen konnte.

„Ich wollte mich bei dir entschuldigen. Ich hätte mir das Urteil über deinen Bruder nicht erlauben dürfen."

Eine Seite an Mayer, die August unbekannt war. Mayer war in seinen Augen ein Gefühlskrüppel, doch er bewies Größe. August reichte ihm die Hand.

„Schon in Ordnung. Danke, für deine hervorragende Arbeit."

Mayer nickte.

„Ich hoffe, du kannst jetzt wieder besser schlafen."

„Das hoffe ich auch."

August lehnte sich zurück und grinste zufrieden. Auch wenn das alles seinen Bruder nicht zurückbringen würde, war er dennoch befriedigt. Lara betrat das Büro und August setzte sich ruckartig gerade hin. Sollte er auf sie zugehen und ihr alles erklären? War er ihr wirklich Rechenschaft schuldig? August verspürte das Verlangen, zu ihr zu gehen und sie zu besänftigen. Schließlich würden sie noch Jahre zusammenarbeiten und August wollte nicht der Grund dafür sein, dass die Harmonie im Büro gestört wurde. Er rief ihren Namen.

„Lara?"

Abrupt blieb sie stehen, doch sie drehte sich nicht um. August lief zu ihr und berührte ihre Schulter. Ruckartig zog sie die Schulter zurück.

„Fass mich nicht an", knurrte sie.

„Lass mich doch bitte erklären."

Sie drehte sich um und er konnte den Hass, den Ekel und die Abscheu in ihren Augen erkennen.

„Was willst du mir erklären?", fragte sie und ihre Stimme wurde lauter. August konnte die Blicke seiner Kollegen auf sich spüren.

„Bitte, Lara. Können wir das nicht in Ruhe klären?"

„Was denn bitte? Dass du mich gefickt hast und mich danach hast fallen lassen. Und ein paar Wochen später schon die nächste in deinem Bett liegt? Du bist ein Schwein", brüllte sie durch das ganze Büro und lächelte dabei triumphierend. August hatte soeben die ganze

Aufmerksamkeit seiner Abteilung. Einige lachten hinter vorgehaltener Hand und das Tuscheln donnerte in seinen Ohren. Lara hatte ihn vorgeführt und ließ ihn eiskalt stehen. Doch tief in seinem Inneren hatte er es verdient. Sommer stand in der Tür und die Belegschaft war umgehend still.

„Lehmann“, rief er scharf. August zuckte zusammen.

„Sofort in mein Büro.“

Wie ein geprügelter Hund folgte August Sommer in sein Büro.

„Sofort setzen“, befahl er August und schlug dabei die Tür zu.

„Was hatte dieses Theater zu bedeuten? Können Sie mir das erklären?“

Die Blamage war August deutlich ins Gesicht geschrieben.

„Es ist so ... Ich habe ...“

„Jetzt spucken Sie es schon aus. Sie haben unsere Sekretärin gevögelt.“

August schien doch überrascht über die Ausdrucksweise seines Vorgesetzten.

„Ja“, antwortete August knapp Sommer stemmte seine Hände in die Hüften und nickte.

„Haben Sie eigentlich den Verstand verloren?“, brüllte er.

„Ich weiß, dass das nicht hätte passieren dürfen, aber ...“

„Aber, aber, aber. Das interessiert mich nicht. Sie bringen das Gleichgewicht zum Kippen. Was haben Sie sich nur dabei gedacht, zum Teufel.“

„Ich weiß, dass es ein Fehler war. Es wird nicht mehr vorkommen.“

„Ich dachte, dass ich mit Ihnen die richtige Entscheidung getroffen habe. Ich hatte Sie für schlauer gehalten und jetzt raus hier."

Deprimiert und müde fuhr August nach Hause. Als er durch die Tür ging, strömte ein würziger Geruch in seine Nase. Marla hatte dem Haus wieder Leben eingehaucht und August fühlte sich schlagartig wohl. Sie kam aus der Küche.

„Hallo, da bist du ja. Ich habe uns Spaghetti gemacht. Hast du Hunger?"

August warf seine Tasche in die Ecke, ging mit schnellen Schritten auf Marla zu und packte sie. Er setzte sie auf die Arbeitsplatte und zog ihre Hose herunter. Seine Küsse waren intensiv und voller Inbrunst. Sanft drückte er ihre Schenkel auseinander und Marla stöhnte lustvoll auf. Ihre langen Fingernägel krallten sich in sein Fleisch, während er sanft ihren Busen knetete. Er stieß sie hart und sein Stöhnen war Musik in ihren Ohren. Mit rhythmischen Bewegungen trieb er sie zum Orgasmus und sie stieß einen spitzen Schrei der Lust aus.

Das Essen war inzwischen kalt geworden.

„Ich will, dass du bei mir bleibst. Für immer", flüsterte er in ihr Ohr. Ein berauschendes Kribbeln huschte über Marlas Körper.

„Das ist alles, was ich je wollte", sagte sie freudestrahlend. Ihre Küsse wurden durch das Klingeln an der Tür unterbrochen. Rasch zogen sie sich an.

„Ich bleibe im Wohnzimmer. Ich möchte nicht noch einmal etwas Dummes machen."

„Nein, du gehörst jetzt zu mir und ich werde dich nicht verstecken."

August öffnete die Tür. Er sah verblüfft seine Schwiegermutter an. Ihr Gesicht war gezeichnet von Sorge.
„Helene. Was machst du denn hier?"
„Hallo, August. Ist Luise bei dir?"
„Ähm. Nein, sie ist nicht hier. Habt ihr nicht miteinander gesprochen?"
„Bittest du mich nicht herein?"
August drehte sich um und sah in den Flur.
„Gut. Komm herein."
August deutete seiner Schwiegermutter den Weg in die Küche.
„Bitte setz dich. Möchtest du etwas trinken?"
„Ein Glas Wasser wäre nett."
Helene legte ihre gefalteten Hände auf dem Tisch ab. Ihre Beine waren unruhig. Sie tippelte mit den Füßen auf und ab.
„Ihr habt euch getrennt?"
„Ja. Besser gesagt, ich habe mich getrennt. Du weißt, warum?"
„Du gibst ihr die Schuld am Tod deiner Eltern", sagte sie mit einem kühlen Unterton.
„Nein. Ich habe mich getrennt, weil sie eine Affäre hatte."
Helene drehte ungläubig ihren Kopf zur Seite.
„Davon wusste ich nichts. Sie hat mir nichts davon erzählt."
August stellte das Glas Wasser vor ihr ab.
„Warum bist du hier?"
„Luise ist verschwunden. Sie war ein paar Tage bei mir und dann ist sie nicht mehr nach Hause gekommen. Ich habe mir Sorgen gemacht, weil sie nicht auf

meine Anrufe reagiert hat und da dachte ich, dass sie wieder bei dir ist."
„Nein, ich habe sie eine ganze Weile nicht gesehen."

Ein kräftiger Knall hallte durch das Haus.

„Du bist nicht alleine?", fragte Helene verwundert.

„Nein, ich bin nicht alleine."

„Wer ist bei dir?"

„Meine Freundin."

Helene riss die Augen auf. Empört und gleichzeitig verstört fixierte sie August.

„Was soll das heißen *meine Freundin*? Du hast so kurz nach der Trennung eine Neue?"

„Ich bin dir keine Rechenschaft schuldig. Deine Tochter hat unsere Ehe zerstört. Sie ist fremdgegangen und nicht ich. Wenn du deine Tochter als vermisst melden willst, dann geh zur Polizei."

August schien ihr plötzlich fremd. All die Jahre hatte sie ihn geliebt wie einen eigenen Sohn, aber die Kälte und Ablehnung, die er ihr entgegenbrachte, konnte sie nicht nachvollziehen. Luise hatte sie belogen. Nie hatte sie erwähnt, dass sie eine Affäre hatte. Die letzten Jahre hatte sich ihre Tochter immer weiter von ihr entfernt.

„Das ist doch unerhört", prustete Helene.

„Wie du meinst", erwiderte August trocken. Helene stürmte aus dem Haus. August sah ihr nach, doch er fühlte nichts.

„Wer war das?", klang es aus dem Hintergrund.

„Das war meine Schwiegermutter."

„Es tut mir leid. Ich habe eine Vase umgeworfen."

„Schon gut."

Marla schmiegte sich an seinen Rücken.

„Meine Frau ist verschwunden“, sagte er mit einem kühlen Unterton.

Sie ließ von ihm ab, August drehte sich um, berührte ihre Wange, doch sie schlug seine Hand weg.

„Du nennst sie noch immer deine Frau?“, fragte Marla irritiert.

„Ja, sie ist immer noch meine Frau. Das heißt aber nicht, dass ich noch etwas für sie empfinde. Lange bevor ich mich von ihr getrennt habe, habe ich nichts mehr gefühlt. Sie hatte eine Affäre.“

„Das wusste ich nicht.“

„Es ist auch nicht mehr wichtig. Du bist jetzt in meinem Leben“, sagte er mit einem sanften Lächeln.

„Ich will weg von Leopold. Ich werde meine Sachen holen“, sagte Marla entschlossen.

„Ich werde dich begleiten. Wer weiß, wie er darauf reagiert.“

Sie stiegen in den Wagen und ihre Gedanken hätten nicht unterschiedlicher sein können. Durch Augusts Adern floss nichts außer Gleichgültigkeit. Die Ereignisse der letzten Monate ließen ihn abgestumpft wirken. Dabei fiel ihm ein, dass er keinen einzigen Termin bei der Psychologin wahrgenommen hatte. Vielleicht hätte er das nicht versäumen dürfen. Er drehte seinen Kopf leicht nach rechts und betrachtete Marla. Liebte er sie wirklich, oder war es nur eine Ausgeburt seiner Einsamkeit? Er war nicht fähig, seine Gefühle zu ordnen. Marla hingegen stand die blanke Panik ins Gesicht geschrieben. Sie kannte Leopold und wusste, was er mit den Frauen vorhatte, die ihn verlassen wollten. Er war ein Tier, das seine Beute nicht so einfach ziehen ließ. Vor dem Golden Palace parkte er den Wagen. August überprüfte den Sitz seiner Dienstwaffe. Seine Miene war eiskalt und gelassen, als er und Marla das Etablissement betraten. An dem langen Tresen saßen die Frauen leicht bekleidet und warteten auf Kunden. In ihren Gesichtern konnte August Furcht erkennen. Hinter dem Tresen stand wieder die Frau im Lederkorsett. Sie warf Marla einen besonders fiesen Blick zu und warf den Lappen auf den Tresen.

„Wo zum Teufel hast du gesteckt? Wir dachten alle, dass dir etwas zugestoßen sein könnte. Und warum bist du mit dem Bullen hier?", fragte die Frau erzürnt.

„Das ist August. Ich bleibe bei ihm und verlasse euch", erwiderte Marla eingeschüchtert. Die Frau verschränkte ihre Arme vor der Brust und blickte den Flur hinunter.

„Leopold. Dein Vöglein ist zurück im Käfig", brüllte die Frau und grinste dabei schadenfroh. Marlas Herz schlug ihr bis zum Hals. Der kalte Schweiß lief ihren Rücken herunter. August stellte sich demonstrativ neben Marla, die andere Hand an der Waffe. Leopold kam den Flur herunter. In seinem Mundwinkel steckte eine Zigarre. Er stieß ein verächtliches Lachen aus, als er Marla und August zusammen sah.

„Du bist also zurück. Weißt du, was man mit Vögeln macht, wenn sie fortfliegen wollen? Man bricht ihnen die Flügel."

August trat einen Schritt nach vorne, näher und näher. Beinahe berührten sich ihre Nasen, doch Leopold wich keinen Zentimeter zurück.

„Marla gehört jetzt zu mir. Sie holt ihre Sachen und dann ist das Geschäft mit ihr gelaufen. Hast du das verstanden, Moll?"

Leopolds Gesichtszüge hätten Blei schmelzen lassen können. Er zog an seiner Zigarre und blies August den Rauch direkt ins Gesicht, doch auch August verzog keine Miene. August bedeutete Marla, ihre Sachen zu holen.

„Die kleine Schlampe hat sich einen Polizisten geangelt. Das ist ja nicht zu glauben." Moll grinste zynisch.

„Du wirst ihr nicht mehr zu nahe kommen. Ich wusste von Anfang an, dass du die Frauen wie ein Stück Fleisch behandelst, aber damit ist jetzt Schluss."

Völlig unerwartet tauchten die zwei Männer auf. Ihre Körpergröße und Masse waren gewaltig. Sie trugen schwarze Lederjacken, die bei jedem Schritt knirschten. Ihr Augen waren verdeckt von schwarzen Sonnenbrillen, doch sie waren so stumm wie Statuen. August legte seine Hand an die Waffe.

„Pfeife deine Köter zurück."

Marla kam eilig zurück und zog einen Koffer hinter sich her.

„Keine Sorge, Herr Kommissar. Sie greifen dich erst an, wenn ich es ihnen befehle", erwiderte Moll locker.

„Lass uns gehen, August", flüsterte Marla ängstlich. Als sie ins Freie traten, fühlte sich August wie in einem Traum und er bettelte darum, endlich aufwachen zu können.

„August? Geht es dir gut?"

August starrte ins Nichts. All die Geschehnisse hatten ihn verändert und er fühlte sich in seinem Körper nicht mehr wohl.

„Alles in Ordnung. Du bist jetzt frei", sagte August gefühllos. Marla spürte, dass August seine Entscheidung bereits bereute. Dann wäre sie ihres Lebens nicht mehr sicher und Moll würde sich an ihr rächen. Inständig hoffte sie, dass August wahre Gefühle für sie hegte, doch in diesem Augenblick schien es nicht so zu sein.

KAPITEL 14

August fühlte sich wie ein Fremdkörper. Er saß auf seinem Stuhl und beobachtete, wie seine Kollegen ihrer Arbeit nachgingen. Lara würdigte ihn keines Blickes mehr, so wie alle anderen. Anscheinend hatte Lara dafür gesorgt, dass jeder Einzelne davon erfuhr. Die Blicke, die auf ihm hafteten, waren voller Abneigung und Hohn. August fühlte sich, als wäre er in einen Käfig gesperrt worden. Er konnte nicht atmen, sich nicht bewegen. Sommer kam auf ihn zu, doch August registrierte es zunächst nicht. Nur leise vernahm er eine Stimme, dann zuckte er zusammen.

„Lehmann“, brüllte Sommer.

„Entschuldigen Sie.“

„Was zum Teufel ist los mit Ihnen. Sie sitzen hier wie eine Leiche.“

„Nein ... Ich ...“

Sommers Blick schweifte durch das Büro.

„Viele Freunde haben Sie nicht mehr“, sagte Sommer überzeugt

„Scheint wohl so.“

„Wundert Sie das?“

„Nein. Mich wundert gar nichts mehr“, sagte August tonlos

„Die Kollegen haben mich darüber informiert, dass Ihre Frau als vermisst gemeldet wurde.“

„Ich habe es geahnt. Meine Schwiegermutter war bei mir und hat nach ihr gesucht.“

„Und? Haben Sie dazu nichts zu sagen?“

„Nein, das habe ich nicht. Ich bin hier nicht für jeden der Babysitter“, schrie August. Er stand auf und polterte durch das ganze Büro.

„Ja, glotzt mich nur alle an. Ihr könnt von mir denken, was ihr wollt.“

Sommer packte August am Arm, der ein irres Grinsen auf den Lippen hatte.

„Jetzt reißen Sie sich gefälligst zusammen. Ich werde Sie bis auf Weiteres beurlauben. Kommen Sie zurück, wenn Sie sich wieder unter Kontrolle haben.“

„Wie Sie meinen“, schnaubte August. Wutentbrannt stapfte er aus dem Büro. Auf dem Weg nach draußen traf er auf Lara. Er rollte mit den Augen, während sie wie ein Unschuldslamm wirkte.

„Bist du jetzt zufrieden? Hättest du nicht einfach die Klappe halten können? Du bist schlimmer als ein kleines Kind. Bockig, weil man dir dein Spielzeug weggenommen hat.“

Sprachlos blieb Lara zurück.

August lief kopflos die Niddastraße entlang. Alles um ihn herum lief in Zeitlupe ab. Immer wieder rempelte er Menschen auf der Straße, die ihm Schimpfwörter an den Kopf warfen. Alle paar Meter lagen Menschen auf ihren verrotteten Matratzen und setzten sich am helllichten Tag den nächsten Schuss. Vor der Kneipe, die Simon am Tag seines Todes aufgesucht hatte, blieb er stehen. Er blickte auf das Schild. „Bernies“. Hier hatte Simon seine letzten Stunden verbracht. August drückte die Tür auf. Hinter dem Tresen stand ein fettleibiger Mann in einer Lederkutte. Er trug ein rotes Stirnband und sein Bart bedeckte beinahe das ganze Gesicht. Der Schweiß rann von seiner Stirn.

„Guten Tag, Fremder."

Ohne Worte setzte sich August an den leeren Tresen, stützte seine Arme auf und seine Blicke wanderten durch den dunklen Raum. Ein Spielautomat gab immer wieder schrille Töne von sich. Die Luft schien ihm sehr dünn und es roch nach kaltem Rauch. Die hinteren Tische waren durch das spärliche Licht kaum zu erkennen.

„Was darf es sein?"

„Whiskey pur."

Der Mann hinter dem Tresen stellte das Glas vor ihm ab.

„So früh am Tag schon durstig?"

„Geht Sie das etwas an?", fragte August abweisend. Der Mann hob die Hände.

„Kein Problem, Kumpel. Ich war nur neugierig."

August leerte ein Glas nach dem anderen und schnell stieg ihm der Alkohol auf nüchternen Magen zu Kopf. Er beobachtete den Barkeeper, der weiter Gläser mit einem schmutzigen Lumpen polierte.

„Wie ist dein Name?", lallte August.

„Bernhard "

„Du warst in jener Nacht hier?"

Bernhard runzelte die Stirn und stellte das Glas vor sich ab.

„In welcher Nacht?"

„Als der Junkie erstochen wurde", sagte August trocken.

Bernhard wurde nachdenklich. Mit dem Lumpen wischte er sich den Schweiß von der Stirn.

„Ja, ich war hier", antwortete er betroffen.

„Was ist passiert?"

Bernhard starrte August an und dachte an den tragischen Abend. Er konnte eine Ähnlichkeit zwischen dem Junkie und dem Mann vor ihm sehen.

„Die beiden kamen in meine Kneipe und haben sich an den Tresen gesetzt. Mir war klar, dass die Junkies bis oben hin vollgedröhnt waren. Der eine hatte Einstiche an seiner Halsschlagader. Der andere hatte ein ganzes Bündel Bargeld dabei. Alles war in Ordnung. Ich habe nicht alles gehört, aber plötzlich haben sie angefangen zu streiten. Die zwei haben einen Höllenlärm veranstaltet. Dann ging alles ganz schnell. Der Junkie mit den Einstichen an der Halsschlagader hat über den Tresen gegriffen und das Messer gepackt und auf den anderen eingestochen und ist mit dem Geld abgehauen. Der andere hat sich aus der Kneipe geschleppt."

„Und was hast du gemacht?"

„Ich hab sofort die Bullen gerufen. Ich bin einiges gewohnt, aber das?"

August nickte schwach. So hatte sein Bruder also seine letzten Stunden verbracht. In einer stinkigen Kneipe, mit einem gierigen Junkie, der ihm für 3000 Euro das Leben genommen hatte. Das Schuldgefühl, das August in sich trug, vergiftete seinen Verstand. Wenn er ihn nicht gezwungen hätte, bei ihm zu bleiben, dann würde er noch leben. August rutschte vom Barhocker und schleppte sich schwankend zur Toilette. Es roch nach Urin und Erbrochenem. August verzog angewidert den Mund. Während er am Urinal stand, blickte er in den verschmutzten Spiegel. Er konnte seine eigene Visage nicht mehr sehen, er ballte die Faust und hämmerte auf den Spiegel ein, bis seine

Fingerknöchel mit Blut verschmiert waren. Der Krach lockte Bernhard in die Toilette.

„Was geht hier vor? Sag mal, bist du von allen guten Geistern verlassen?"

„Nein. Ich bin von allen bösen Geistern besessen", erwiderte August höhnisch.

„Den Spiegel bezahlst du mir", bellte Bernhard. August griff in seine Hosentasche und warf dem Barkeeper einen hundert Euro Schein vor die Füße.

„Hier. Davon kannst du dir zehn kaufen."

Benebelt vom Alkohol traf August die kühle Luft wie ein Vorschlaghammer. Er konnte kaum noch geradeaus gehen und schleppte sich an den Taxistand. Die Lichter der Nacht rasten verschwommen an ihm vorbei. Alles drehte sich und sein Mageninhalt suchte sich seinen Weg nach oben. Kaum aus dem Taxi ausgestiegen, erbrach sich August über dem Blumenbeet, das sein Vater kurz vor seinem Tod angepflanzt hatte. Weinend brach er zusammen. Alle noch lebendigen Lebensgeister wollten seinem Körper entfliehen. August drehte sich auf den Rücken und blickte in den Nachthimmel.

„Bring mich fort von hier", bettelte August und plötzlich spürte er einen enorm kräftigen Druck auf seinem Oberarm. Wie eine Puppe wurde er auf die Beine gestellt. August konnte nicht einordnen, was gerade geschah. Nur schemenhaft sah er etwas auf sich zurasen, dann umhüllte ihn eine stumme Dunkelheit.

Das Tropfen eines Wasserhahns drang in sein Ohr. Sein Schädel brummte und jedes einzelne Geräusch donnerte in seinem Kopf. Seine Zunge war pelzig, sein Rachen staubtrocken. Er versuchte, sich zu bewegen, doch er schien auf einen Stuhl gefesselt zu sein. Er fror entsetzlich, seine Knie schlotterten. August hob seinen Kopf. Es war dunkel. So sehr er sich auch anstrengte, August konnte nicht erkennen, wo er sich befand.

„Hallo? Ist da jemand?“, rief August mit zitternder Stimme.

Das Klappern von Schuhen kam näher. Er drehte seinen Kopf nach rechts und plötzlich traf ein greller Lichtblitz seine Augen. Erst jetzt spürte er, dass sein linkes Auge zugeschwollen war. Er rutschte auf dem Stuhl hin und her, versuchte, sich zu befreien, doch die Fesseln lockerten sich nicht. Er war gefangen, sein Atem ging heftig und stoßweise.

„So sieht man sich wieder, Kommissar.“

August hob seinen Kopf. Vor ihm stand Leopold Moll. Sein schmieriges Grinsen ging über das ganze Gesicht.

„Lass mich sofort frei!“, brüllte August und ruckelte an dem Stuhl

„Wir sind hier nicht in einem schlechten Film, in dem das Opfer Forderungen stellen kann. Hast du wirklich geglaubt, dass ich dich einfach so davonkommen lasse? Du hast mir mein Mädchen gestohlen und jetzt zeige ich dir, was Schmerz wirklich bedeutet.“

Einer seiner Gorillas kam August näher, holte aus und drosch seine Faust in Augusts Gesicht. Sein Kopf explodierte. Die Faust war scheinbar mit Zement gefüllt. Blut tropfte aus Augusts Mundwinkel und er lachte verzweifelt.

Moll zog an seiner Zigarre und holte etwas aus seiner Anzugtasche. Es war ein kleines Holzstäbchen. Dann stellte er sich hinter den Stuhl und nahm Augusts rechte Hand.

„Apropos schlechter Film. Du musst wissen, dass ich sehr gerne Kriegsfilme sehe. Ich mag die Atmosphäre. Wie sich tapfere Männer durch den Dschungel schlagen. Immer wachsam und auf alles vorbereitet. Im Schutz der Dunkelheit versuchen sie ihren Feind auszumachen. Aber manchmal werden sie auch von ihrem Feind überrannt und dann landen sie in Gefangenschaft und dort widerfahren ihnen schreckliche Dinge und eines davon habe ich mir gemerkt."

August atmete schwer. Wieder zappelte er auf dem Stuhl, die Angst vor dem Schmerz, der ihm bevorstand, lähmte ihn. Moll packte seinen Zeigefinger, setzte das Holzstäbchen an und schob es August unter den Nagel. Sein Nagel brach und das Stäbchen bohrte sich durch sein Fleisch. August schrie auf, er erlitt Höllenqualen. Der Schmerz ließ seine Sinne schwinden und er verlor das Bewusstsein.

Eiskaltes Wasser traf seinen Körper. August prustete.

„Na, na, Herr Kommissar. Sie verpassen ja alles. Das wollen wir doch nicht. Wir haben doch noch so viel vor", sagte Moll boshaft.

„Damit kommst du nicht durch. Ich mach dich fertig", keuchte August.

„Nein, das wirst du nicht. Wenn das alles hier vorbei ist und ich dich vielleicht am Leben lasse, dann werden deine Lippen versiegelt sein."

„Wie kommst du darauf, dass ich mich darauf einlasse."

Moll zog erneut an seiner Zigarre.

„Nun, es ist so. Männer sind gierig und ständig auf der Suche nach frischem Fleisch. Zumindest einige von ihnen. Ich kenne deinen Vorgesetzten ganz gut. Sommer ist sein Name, wenn ich mich nicht irre."

„Was, verdammt, willst du?"

„Viele deiner Kollegen und Vorgesetzten, bis in die obersten Reihen, suchen sehr gerne mein Etablissement auf. Sie lechzen nach jungen Frauen, die ihnen jeden Wunsch erfüllen. Schmutzige Dinge, die ihre Hausmütterchen nie tun würden. Ich besitze Videos, die das alles beweisen können. Solltest du auch nur ein Wort von unserer kleinen Party hier erzählen, dann lasse ich allesamt auffliegen. Das wäre ein Skandal im höchsten Maße. Stell dir nur mal vor, was das bedeuten würde. Die Gesellschaft würde aufschreien, das willst du doch nicht, oder etwa doch?"

August hob ungläubig den Kopf. Er konnte nicht fassen, was Moll von sich gab. Aber warum sollte er lügen? Moll konnte nur gewinnen. Er hatte alle Fäden in der Hand.

„Dann bring es zu Ende. Mein Leben bedeutet mir nichts mehr. Egal was du sagst oder tust, es spielt keine Rolle mehr."

„Warum so deprimiert? Fehlt dir dein Bruder?", fragte Moll mit einem ironischen Unterton.

„Lass meinen Bruder aus dem Spiel", knurrte August.

„Familie bedeutet mir auch viel. Sie ist alles, was dir bleibt, wenn alles andere schiefläuft. Ach, das habe ich fast vergessen. Du hast ja keine Familie mehr. Alle um dich herum sind gestorben. Das ist wirklich traurig."

In August stieg eine unbändige Wut auf. Er ruckelte am Stuhl und schrie aus Leibeskräften.

„Lass mich frei und ich zeige dir, wie traurig ich bin."

Moll lachte laut.

„Nein, noch nicht. Ich werde dich brechen, und zwar so, dass du nie wieder auf die Beine kommst."

Moll schickte einen seiner Männer vor.

„Zertrümmere ihm alle Knochen, und zwar jeden einzelnen, und dann leg ihn draußen ab", befahl Moll und sein Gorilla nickte. August spürte jeden einzelnen Hieb, seine Knochen knackten und das Blut lief aus Mund und Nase. Minutenlang verpasste der Gorilla ihm einen Treffer nach dem anderen. Schließlich gaben seine Schmerzrezeptoren kein Signal mehr. August fiel in Finsternis.

Jede Bewegung war unerträglich quälend. Sein Körper war zermalmt. August öffnete die Augen. Er konnte kaum etwas erkennen. Er versuchte, seine Hände zu bewegen, doch sie gehorchten ihm nicht. Der Geruch von Desinfektionsmittel stieg ihm in die Nase und ihm wurde klar, dass er noch am Leben war. Er hörte eine sanfte Stimme.

„Herr Lehmann? Wie geht es Ihnen?"

August konnte nur schemenhaft erkennen, wer neben ihm stand.

Eine schlanke Frau, die ein süßliches Parfum trug. Er versuchte, sich aufzurichten, aber die Halskrause saß zu eng.

„Wo bin ich?", stöhnte er.

„Sie sind im Krankenhaus."

„Wie lange bin ich schon hier?"

„Seit einer Woche. Sie waren die ganze Zeit über bewusstlos. Es hat Sie schlimm erwischt. Die Polizei war bereits hier."

„Können Sie jemanden für mich anrufen?"

„Ja, aber natürlich."

„Rufen Sie Ludger Sommer im Kommissariat an. Er soll sofort kommen."

„Ich erledige das für Sie. Jetzt ruhen Sie sich aus."

August inspizierte seinen Körper. Seine Hände gehüllt in dicken Verband, um seinen Oberkörper war ein straffer Verband gewickelt, der ihn nur schwer Luft holen ließ. Moll und seine Männer hatten keine Körperstelle ausgelassen. Er erinnerte sich an dessen Worte.

August hatte jedes Zeitgefühl verloren, bis es an der Tür klopfte. Sommer betrat das Zimmer und Augusts Gesicht versteinerte

„Lehmann? Was in Gottes Namen ist mit Ihnen passiert?"

August versuchte, sich ein wenig aufzurichten. Er wollte Sommers Gesicht sehen.

„Das war ein guter Bekannter von Ihnen."

Sommer runzelte die Stirn.

„Ich verstehe nicht ganz. Von wem sprechen Sie?"

„Ich spreche von Leopold Moll. Sie kennen ihn doch sicher."

„Ja, natürlich. Der Name ist mir bekannt, aber was hat das zu bedeuten?"

„Er hat mich zusammenschlagen lassen, weil ich eines seiner Mädchen aus dem Bordell geholt habe und das hat ihm wohl nicht geschmeckt."

„Sie müssen ihn anzeigen", sagte Sommer mit Nachdruck.

„Ach ja? Sollte ich das wirklich tun?"

„Was ist das für eine Frage?", fragte Sommer verblüfft.

„Aber was wird dann Ihre Frau sagen? Oder all die anderen Frauen?“

Sommer schluckte, August hatte ihn eiskalt erwischt. Sommer kam ins Straucheln.

„Ich verstehe nicht ganz. Was genau meinen Sie?“

„Geben Sie sich keine Mühe. Moll hat mir alles erzählt, und zwar alles. Wenn ich ihn anzeige, dann lässt er die Bombe platzen und die reicht bis in die oberen Reihen.“

Sommer stemmte seine Hände in die Hüften, der Schweiß stand ihm auf der Stirn. Wortlos lief er auf und ab, was August in den Wahnsinn trieb.

„Bleiben Sie endlich stehen“, brüllte August, wobei seine gebrochenen Rippen schmerzten.

„Ich dachte nicht ... Ich hatte keine Ahnung. Wir streiten es einfach ab.“

„Keine Chance. Er hat alles aufgenommen. Moll hat sich abgesichert. Er ist nicht dumm.“

Sommer ließ sich auf den Stuhl fallen. Die Ratlosigkeit stand ihm ins Gesicht geschrieben. Die Bilder der vergangenen Partys, die im Golden Palace gefeiert worden waren, rasten vor seinem geistigen Auge vorbei: Der Champagner floss in Strömen. Junge Frauen waren willig und zu allem bereit und Sommer genoss jede sexuelle Handlung. Ihm hätte klar sein müssen, dass es irgendwann ans Tageslicht kommen würde. Diese Dummheit könnte ihn seine Karriere kosten und auch die aller anderen, die daran beteiligt waren. Übelkeit stieg in ihm auf und er erbrach sich im Waschbecken. Seine Hände zitterten und seine Eingeweide zogen sich schmerzhaft zusammen. Er bereute zutiefst, aber es war zu spät.

„Es darf nichts an die Öffentlichkeit dringen", sagte Sommer tonlos.

„Das wird es nicht. Ich werde schweigen. Und damit Sie es wissen: Ich mache das nicht für Sie, sondern für die Frauen, die allesamt betrogen wurden."

Sommer nickte und im selben Moment öffnete sich die Tür. Marla trat ein, in der Hand hielt sie eine Tasche. Augusts Anblick verstörte sie und die Tatsache, dass es ihre Schuld war, ließ sie beinahe zusammenbrechen. Mit Tränen in den Augen trat sie an sein Bett und berührte zaghaft seine Stirn.

„Es tut mir so leid. Das ist alles meine Schuld", wimmerte Marla.

„Nein, es ist nicht deine Schuld. Woher wusstest du ...?"

„Lara war bei mir. Sie hat mir gesagt, was passiert ist."

August presste seine Kiefer zusammen und starrte ins Leere. Laras verletzter Stolz hatte dafür gesorgt, dass seine Kollegen ihn verabscheuten, ihn mieden. In Gedanken hatte er sie aus seinem Leben gestrichen.

KAPITEL 15

Noch ein wenig wacklig auf den Beinen, schleppte sich August ins Haus. Die Wunden an seinem Körper waren verheilt, doch seine Seele hatte schweren Schaden erlitten. Der Hass, den er gegen Moll hegte, wuchs von Tag zu Tag, aber ihm waren die Hände gebunden. Um seine Kollegen zu schützen, so töricht sie auch gewesen waren, schwieg er. Irgendwann würde Moll einen Fehler begehen. August ließ sich erschöpft auf das Sofa fallen. Marla setzte sich neben ihn und strich sanft über seine Stirn.

„Kann ich dir etwas bringen? Hast du Hunger?"

August sah Marla in die Augen und fragte sich, ob sie das alles wert war. Der Schmerz und die Demütigung, die er ertragen musste. Er versuchte, seine Gefühle einzuordnen, herauszufinden, ob seine Empfindungen ihr gegenüber wirklich ehrlich waren, oder ob sie doch nur ein Pflaster gegen seine Einsamkeit war.

„Es geht mir gut. Ich bin nur so furchtbar müde."

August drehte sich um und seine Lider wurden schwer. Doch auch im Schlaf fand er keine Ruhe. In seinen Träumen erlebte er die Folter von Neuem, immer und immer wieder. Die Qual war lebendig geworden und hatte seinen Geist in den Klauen. Schweißgebadet schreckte er auf. Um ihn herum Dunkelheit. War er wieder in diesem Keller? War er Moll erneut ausgeliefert?

„Marla", rief er laut. Sie stürmte ins Wohnzimmer und schaltete das Licht ein.

„Was ist passiert?", fragte sie voller Sorge um August.

„Ich hatte einen Albtraum. Ich war wieder in diesem Keller“, sagte er von Angst getrieben. Marla nahm ihn zaghaft in den Arm.

„Es ist vorbei. Du bist jetzt wieder bei mir. Alles wird gut.“

Doch August bezweifelte, dass alles wieder in Ordnung kommen würde. Moll hatte ihn gebrochen, genauso, wie er es vorausgesagt hatte. Tage vergingen und August rührte sich kaum. Die Furcht saß ihm im Nacken. Er war nicht einmal mehr fähig, das Haus zu verlassen, um die Post zu holen, und Marla wurde von Tag zu Tag unruhiger. Sie war vollkommen mit der Situation überfordert und wusste nicht, wie sie August helfen konnte. Sein Leiden war ihre Schuld. Als es an der Tür klingelte, zuckte August zusammen. Das Herz schlug in seiner Brust, wie ein lebendiges Wesen, das seinem Körper entfliehen wollte. Marla öffnete die Tür und als August Friedrichs vertraute Stimme hörte, beruhigte sich sein Herzschlag. Kurz darauf betrat dieser das Wohnzimmer und was er sah, war ihm völlig fremd. August kauerte auf dem Sofa, sein Blick war leer und die Stärke, die er einst besaß, hatte sich aufgelöst.

„Hallo, August. Wie geht es dir?“

August nickte.

„Es geht mir gut.“

„Tut mir leid, August, aber so siehst du nicht aus. Kannst du mir bitte erklären, was vorgefallen ist. Ich höre im Büro nur Gerüchte, keiner will mir etwas sagen.“

„Es ist kompliziert.“

„Vertraust du mir nicht? Ist es das?“

„Nein, das ist es nicht. Ich vertraue dir mehr, als jedem anderen. Es ist eine lange Geschichte."

Friedrich setzte sich August gegenüber.

„Ich habe Zeit und ich gehe nicht eher, bis du mir alles erzählt hast."

„Also gut. Ich habe Marla bei mir aufgenommen, sie aus Molls Fängen befreit. Er war damit nicht einverstanden. Ich hätte wissen müssen, dass das ein schlechter Einfall war. Er hat mich entführt und in einen Keller gesperrt. Er hat ... er hat mich gefoltert und mich zusammenschlagen lassen. Ich kann dir nicht sagen, wie lange ich dort unten war, aber es war die Hölle."

Friedrich lauschte Augusts Worten mit weit aufgerissenen Augen.

„Ich kann das kaum glauben."

„Du kannst es glauben."

Friedrich fuhr sich über seinen Dreitagebart, das Entsetzen stand ihm buchstäblich ins Gesicht geschrieben.

„Und warum sitzt Moll dann nicht im Gefängnis? Ich verstehe das nicht."

„Es hängt mehr daran, als du dir vorstellen kannst."

„Was meinst du?", fragte Friedrich stirnrunzelnd.

„Die hängen da alle mit drin. Sommer und all die anderen Kollegen und hohen Tiere."

„August. Du sprichst in Rätseln. Erkläre mir sofort, was hier vor sich geht."

„Es sind wilde Partys im Golden Palace gefeiert worden und alle waren sie dabei. Alle haben sie sich amüsiert. Moll hat mir gedroht, dass er alle auffliegen lässt, wenn ich auch nur ein Wort sage."

„Bist du völlig verrückt geworden? Das müssen wir melden."

„Wem sollen wir es melden?“, brüllte August. „Sollen wir wirklich einen Skandal lostreten? Ich kann das nicht verantworten.“

August musterte Friedrich kritisch. War er einer von ihnen? Er konnte nicht mehr klar denken und verwarf diesen Gedanken ganz schnell.

„Wie soll es jetzt weitergehen?“, fragte Friedrich. „Was hast du nun vor?“

„Ich habe gar nichts vor. Ich versuche das alles zu vergessen und hinter mir zu lassen. Wenn du schlau bist, dann lässt du die Sache ruhen.“

„Du machst wohl Witze. Dieses miese Schwein hat dich beinahe umgebracht. Moll gehört hinter Gitter.“

„Manchmal gewinnt man und manchmal verliert man. Akzeptiere das“, murmelte August. Friedrich erkannte August nicht mehr wieder.

„Ich werde es ruhen lassen, aber das nur, weil es etwas mit dir zu tun. Ich kann einfach nicht glauben, dass so etwas in unseren Kreisen existiert. Das ist abscheulich und höchst unmoralisch.“

„Wem sagst du das.“

Minutenlang herrschte eine drückende Stille. Friedrich musste verarbeiten, was er gerade erfahren hatte. Alles, wofür er einstand, wurde mit dieser Information zunichtegemacht. August unterbrach die Stille.

„Wie geht es Marie?“

„Es geht ihr gut. Sie bekommt starke Schmerzmittel und kann so ihre letzten Wochen einigermaßen würdevoll verbringen. Ich bin jeden Tag bei ihr, aber sie fehlt mir so sehr, dass es mir das Herz zerreißt. Ich will sie nicht verlieren“, sagte Friedrich niedergeschlagen.

„Kann ich sie besuchen? Ich würde sie gerne noch einmal sehen."

„Das würde sie bestimmt freuen. Marie mag dich unheimlich gerne", sagte Friedrich mit einem Glanz in seinen Augen. Er blieb den ganzen Nachmittag und August kroch langsam aus seinem Schneckenhaus.

KAPITEL 16

August versuchte, sich aus dem Sumpf zu ziehen, der ihn zu verschlucken drohte. Sein Leben brauchte einen neuen Anfang und er suchte sich einen Psychologen, der ihn dabei unterstützen sollte. Er lehnte es ab, zur Polizeipsychologin zu gehen. Er wollte jemand Neutrales, niemanden, der seine Akte kannte.

August betrat das Treppenhaus, blickte auf den Fahrstuhl und entschied sich dagegen, einzusteigen. Seit den Erlebnissen im Keller mied August enge Räume. Der Gedanke daran raubte ihm den Atem. Im vierten Stock angekommen, schnaufte August. Sein Körper war schwach und war keine Anstrengung mehr gewohnt. Er drückte die Klingel und wartete. Mit einem kräftigen Schwung ging die Tür auf. Ein weißhaariger Mann mit rahmenloser Brille stand im Türstock. Er lächelte und reichte ihm die Hand.

„August Lehmann?"

„Der bin ich."

„Ich bin Doktor Ziegler. Bitte kommen Sie herein."

August blickte sich um. Ein Bücherregal, das bis zur Decke reichte. Etliche Pflanzen verliehen dem Raum eine gewisse Ruhe.

„Wollen Sie sich setzen?"

August sah auf das Sofa, dann auf den Sessel. Das Sofa war für ihn zu sehr mit Klischees behaftet. Die typischen Filmszenen, auf denen der Patient seine Probleme beklagte. August ließ sich auf dem Sessel nieder. Ziegler nahm sein Klemmbrett und einen Stift, er schlug die Beine übereinander.

„Herr Lehmann. Wir hatten ja am Telefon kurz besprochen, worum es geht."

„Ja. Mir ist klar, dass ich professionelle Hilfe brauche."

„Nach dem, was Sie mir erzählt haben, ist es sehr ratsam, eine Therapie in Betracht zu ziehen."

August begann von vorn. Ziegler lauschte aufmerksam und machte sich seine Notizen. August ließ kein Detail aus und er spürte eine gewisse Erleichterung. Noch nie zuvor hatte er sein Innerstes preisgegeben und einem Fremden vertraut. Alles sprudelte aus ihm heraus und August fand kein Ende. Bis er von seinen eigenen Worten erschlagen wurde und nach einer Pause verlangte. Mit dem Zeigefinger an seinem Mund nickte Ziegler.

„Das ist eine Menge Ballast, den Sie da mit sich herumtragen, und man kann kaum glauben, dass Sie noch immer aufrecht stehen. Bitte entschuldigen Sie, aber das klingt nach einem guten Stoff für einen Film."

August atmete tief durch.

„Ja, manchmal kommt es mir so vor, als ob das nicht wirklich geschehen ist, dass es ein Traum ist und ich einfach nicht aufwachen kann."

„Wir werden eine Menge Stunden brauchen, um Sie wieder aufzurichten. Wenn Sie dazu bereit sind."

„Das bin ich. Ich will das alles hinter mir lassen."

Er blätterte in seinem Kalender. „In zwei Wochen hätte ich den nächsten Termin. Am Dienstag um 17 Uhr?"

„Gut. Ich werde kommen."

Marla schnippelte das Gemüse, doch in Gedanken war sie bei August. Die letzten Tage waren sehr mühsam. Sie spürte, dass er für sie nicht mehr als

Freundschaft empfand. Die Gefühle waren nicht mehr dieselben. Er hatte sie nicht mehr angerührt und schlief ausschließlich im Gästezimmer. Es war für sie an der Zeit, dieses Haus zu verlassen. Sie befürchtete, dass er in ihr nur eine böse Erinnerung sah, und das Feuer, das einst herrschte, war bereits erloschen. Doch tief in ihrem Inneren liebte sie ihn. Er war ihr Retter. Es klingelte an der Tür. Sie legte das Messer zur Seite und öffnete.

„Oh, hallo. August ist im Moment nicht da. Kann ich ihm etwas ausrichten?"

„Nein, ich wollte zu dir."

„Zu mir?"

Ungläubig musterte Marla ihr Gegenüber und noch ehe sie realisierte, was vor sich ging, traf sie eine Faust. Marla war unfähig, zu reagieren, und der Schlag detonierte auf ihrer Nase. Eine Fontäne aus Blut schoss aus ihrer Nase. Sie taumelte, stürzte und krachte hart auf den Boden. Ein Fiepen schoss durch ihr Gehör. Sie versuchte, mit ihrer Hand den Blutfluss zu stoppen. Das Brennen unter ihrer Haut trieb ihr die Tränen in die Augen.

„Bist du völlig durchgeknallt?", stöhnte Marla. Ein ohrenbetäubendes, grelles Lachen donnerte in ihrem Kopf. Sie blickte in Augen, die dem Wahnsinn nahe waren. Wie ein verwundetes Tier versuchte Marla davonzukriechen, doch der Angreifer packte ihr Bein und schleifte sie in das Wohnzimmer, drehte Marla auf den Rücken und sie sah etwas im Schein der Sonne aufblitzen. Schützend versuchte sie, ihre Hände vor das Gesicht zu halten, doch es war zu spät. Etwas Metallenes traf sie auf den Mund. Ihre Lippe platzte auf. Stücke ihrer Vorderzähne lagen auf ihrer Zunge. Marla rang nach Luft. Das Blut lief in ihren Hals und tropfte in ihre Luftröhre. Sie röchelte, hustete.

„Bitte. Ich habe dir doch nichts getan“, wimmerte Marla.

„Du hast mir alles genommen und jetzt gehört dein Leben mir.“

Der Angreifer zückte eine präparierte Klaviersaite. Marlas Überlebensinstinkt trieb sie ein letztes Mal an. Auf allen vieren versuchte sie zu fliehen und rutsche immer wieder auf ihrem eigenen Blut aus. Blitzschnell reagierte der Angreifer. Von hinten platzierte das Monster die Klaviersaite in ihren Mundwinkeln und zog fest zu. Marla schrie aus Leibeskräften, während sich das Mordinstrument durch ihr Fleisch fraß. In rhythmischen Bewegungen trennte sich die Unterlippe von ihren Wangen.

August bog in die Straße ein. Von Weitem konnte er seine Nachbarn erkennen, die sich vor seinem Haus versammelten.

„Was zum Teufel geht da vor?“

Er sah in betroffene Gesichter, gar schockiert. August stellte den Wagen ab und stieg aus dem Wagen. Aus seinem Haus drang ohrenbetäubende Musik. Die Haustür stand offen. August kannte diese Melodie. Beethoven mit seiner beklemmenden Mondscheinsonate. Seine Nachbarin, Frau Albrecht, griff nach seinem Arm, während er wie betäubt auf die offene Haustür starrte.

„Gehen Sie nicht ins Haus“, warnte sie August und zitterte dabei wie Espenlaub. Doch er ließ sich nicht davon abhalten. Er drängelte sich durch die Menschen, die zu Salzsäulen erstarrt waren und einfach nur dastanden. Stumm und voller Entsetzen. Er betrat den Flur, die Luft schmeckte nach Eisen. Wie in Zeitlupe tat er einen Schritt vor den anderen. Marla lag auf dem Boden, um sie herum ein See aus Blut. Sie lag da, wie ein erlegtes Tier. Die Augen weit aufgerissen. Ihre Gedärme lagen neben ihr. August streckte seine Hand aus. Ihre Haut war noch warm. Sein Mageninhalt rebellierte. Ruckartig richtete sich August auf und erbrach sich auf dem Boden. Er rang nach Luft, sein Körper schlotterte und das Brennen unter seiner Haut wurde unerträglich. Die Sirene heulte durch die Straße. Die Nachbarschaft, die noch immer vor dem Haus stand, wurde aufgeschreckt. Ein Raunen ging durch die Gruppe, als sich der Notarzt und die Polizisten, unter denen sich auch Friedrich befand, ihren Weg ins Haus suchten. August kauerte an der Wand. Er schien dem Tod näher als dem Leben. Immer wieder starrte er auf Marlas zerstörten Körper. Das Menschliche an ihr war verblichen und übrig blieb eine leere, zerfleischte Hülle. Fassungslos blickte Friedrich auf die Leiche, so wie alle anderen im Raum. Er musste sich selbst befehlen, den Blick abzuwenden.

„Das war Moll“, flüsterte August. Friedrich drehte seinen Kopf.

„Du musst hier raus“, sagte er mechanisch Die Luft im Raum wurde immer dünner. Friedrich packte Augusts Arm und schleifte ihn ins Freie. Die neugierige Gruppe wurde von den Beamten vertrieben.

„Was ist hier passiert?“, fragte Friedrich. August reagierte nicht. Er starrte weiter ins Leere und war dieser Welt nicht mehr nahe.

„August!", brüllte Friedrich.

„Das war Moll. Er hat sie getötet. Seine Rache reicht weiter, als ich es je erahnen konnte."

Der Notarzt kam aus dem Haus, auch ihm war das Grauen ins Gesicht geschrieben. Er begutachtete August, dem die Farbe aus dem Gesicht gewichen war.

„Herr Lehmann. Ich werde Ihnen eine Beruhigungsspritze verabreichen."

August spürte nichts. Seine Nervenbahnen reagierten nicht mehr.

Friedrich trommelte einen Teil der Beamten zusammen und fuhr in Richtung Innenstadt. Sein Ziel war das Golden Palace. Für ihn spielte es keine Rolle, was Moll gegen Sommer und die anderen in der Hand hatte. Er ließ sich davon nicht beeindrucken. Selbst wenn alles ans Tageslicht kommen würde, er fürchtete sich nicht vor diesem schmierigen und kriminellen Individuum.

Fest entschlossen stürmte er mit seinen Kollegen das Etablissement. Die Frauen, die leicht bekleidet am Tresen saßen, zuckten zusammen. Eine von ihnen ließ ein Glas fallen, das am Boden zerschellte.

„Jeder bleibt, wo er ist", befahl Friedrich und blickte dabei in entgeisterte Gesichter.

„Alles durchsuchen!"

Kaum verteilten sich die Beamten, kam Moll den Flur herunter.

„Was soll dieser Auflauf?"

„Wir durchsuchen ihren billigen Schuppen."

Moll lachte höhnisch. Er ließ sich einfach durch nichts aus der Ruhe bringen.

„Haben Sie einen Durchsuchungsbefehl?"

„Den brauche ich nicht. Es besteht Gefahr im Verzug."

„Was werfen Sie mir vor?"

„Die Misshandlung eines Beamten und den Mord an Marla Sperling."

Molls Fassade begann zu bröckeln, als er den Namen vernahm.

„Ich verstehe nicht."

„Stellen Sie sich nicht dumm. Sie haben Marla Sperling ermordet. Aus Rache."

„Das habe ich nicht", beteuerte er und seine Halsschlagader pulsierte.

„Festnehmen."

Die Beamten legten Moll Handschellen an und führten ihn ab.

„Das werdet ihr bereuen. Ich lasse euch alle auffliegen", drohte er, während er aus dem Raum geschleift wurde. Die Frauen tuschelten und versuchten ängstlich ihre spärlich bekleideten Körper zu bedecken. Friedrich atmete tief durch.

„Ich bitte alle Anwesenden zu bleiben. Wir werden alle einzeln befragen."

Friedrich winkte die Frau hinter dem Tresen zu sich. Mit einem eleganten Hüftschwung tippelte sie auf Friedrich zu. Ihre Beine steckten in Lackstiefeln, die ihre Oberschenkel zusammenquetschten.

„Wie ist Ihr Name?"

„Daniela."

„Und weiter?", fragte Friedrich ungeduldig.

„Daniela Kramer."

„Waren Sie den ganzen Tag hier?"

„Ja. Ich habe die Frühschicht."

„War Moll den ganzen Tag hier?"

„Soweit ich weiß, ja. Er kam immer wieder in die Bar, um nach den Mädchen zu sehen."

„Er war also immer wieder hier und nicht für ein paar Stunden verschwunden?"

„Nein. Er war den ganzen Tag hier. Stimmt es, dass Marla ermordet wurde?", fragte Daniela mit belegter Stimme.

„Ja, das stimmt."

„Ich kann das einfach nicht begreifen. Erst Emilia und dann Marla. Aber glauben Sie mir, wenn ich sage, dass Moll nichts mit den Morden zu tun hat."

„Ist Ihnen eigentlich bewusst, was Ihr Chef für ein Mensch ist?"

„Er ist ein Geschäftsmann, weiter nichts."

„Wachen Sie auf, Mädchen, und kommen Sie in die reale Welt zurück."

Im Golden Palace wurde nichts gefunden. Jeder Einzelne bestätigte, dass Moll das Etablissement nicht verlassen hat, aber Friedrich glaubte keiner der Aussagen. Stattdessen war er fest davon überzeugt, dass der Zuhälter seine Angestellten dazu aufgefordert hatte, für ihn zu lügen. Er stand wieder am Anfang, aber Augusts Misshandlung würde ausreichen, damit Moll in Untersuchungshaft blieb.

August lag mit gefalteten Händen auf dem Bett. Nach den schrecklichen Ereignissen, hatte er sich ein Hotelzimmer genommen. Er starrte an die Decke. Der Fernseher rauschte vor sich hin. Als die Nachrichten eingeblendet wurden und der Name Moll fiel, richtete sich August auf und blickte auf die Mattscheibe. Etliche Mikrofone waren auf ihn gerichtet und die Reporter bombardierten ihn mit Fragen, doch Moll schwieg. August sah einen gebrochenen Mann, der aufgegeben hatte. Er verriet nichts und August konnte keine Erklärung dafür finden. Er hätte der Frankfurter Polizei erheblichen Schaden zufügen können, aber er tat es nicht. Die Anklage wegen Freiheitsberaubung und schwerer Körperverletzung blieb bestehen.

August rutschte vom Bett, seine nackten Füße berührten den Teppich, der im gesamten Zimmer ausgelegt war. Nur mühsam schleppte er sich ins Badezimmer. Er drehte den Hahn auf und benetzte sein Gesicht mit eiskaltem Wasser. August starrte in den Spiegel. Seine Haut war grau geworden, die Augen stumpf und leblos. Wie viel konnte er noch ertragen? Er spürte, dass ihm sein Leben aus den Händen glitt. So sehr er es auch halten wollte. Fluchtartig hatte er sein Haus verlassen. Nie wieder würde er auch nur einen Fuß in diesen Höllenschlund setzen. Er wusste, dass er sein Heim verkaufen musste, aber wer würde sich ein Mordhaus zulegen? Ein verrückter Horrorfilm-Freak vielleicht? Er dachte an seine Nachbarn, die jeden Tag an das grausame Ereignis erinnert wurden. August spürte Druck auf seiner Brust, der sich bis zu seinem Hals ausbreitete. Das Atmen fiel ihm schwer und er legte seine Hand an die Brust. So sehr er sich auch zwang, sich zu beruhigen, es gelang ihm nicht. Er konnte seinen Herzschlag hören, der sich immer mehr beschleunigte. Sein Blick wurde getrübt und er sah die Wände auf sich zukommen. Ihm blieb immer weniger Raum, zu atmen. Mit letzter Kraft flüchtete er aus dem Badezimmer und stürmte aus dem Zimmer. Der Flur drehte sich, er taumelte, verlor das Gleichgewicht und krachte zu Boden.

August wusste nicht, wie viel Zeit vergangen war. Minuten oder Stunden? Er rappelte sich auf und betrat die Lobby. Die Frau an der Rezeption lächelte ihm freundlich entgegen.

„Ist alles zu Ihrer Zufriedenheit, Herr Lehmann?"

August nickte lediglich und verließ das Gebäude durch die Drehtür. Tief inhalierte er die frische Luft. Das Hotel lag direkt in der Innenstadt und die Autos brausten an ihm vorbei. Sein Gehör war so empfindlich, dass jedes Geräusch seine Haare auf dem Körper zum Stehen brachte. Er wusste noch, dass er sein Auto in der Tiefgarage geparkt hatte. Mit wackligen Knien ging er den steilen Weg hinunter und suchte danach. Er konnte sich nicht daran erinnern, wo er ihn abgestellt hatte. Orientierungslos schaute er sich um. Nach einer gefühlten Ewigkeit entdeckte August seinen Wagen. Ziellos schlängelte sich das Gefährt durch die Straßen, bis er, ohne zu wissen wie, vor Linus Opitz' Haus landete. August erinnerte sich an die erste Befragung und an den Zustand des jungen Mannes, der vergeblich seine Freundin halten wollte. August stieg aus und klingelte. Er fühlte sich wie eine Marionette, die keinen eigenen Willen hatte. Er konnte sich wirklich nicht erklären, warum er ausgerechnet vor dieser Tür stand. Der Summer ertönte und August betrat das Treppenhaus. Linus stand verblüfft in der Tür und blickte August fragend an.

„Herr Kommissar? Was wollen Sie denn hier?"

August fuhr sich durch sein Haar. Schüttelte den Kopf.

„Ich bin mir nicht sicher. Ich dachte, dass ich nach Ihnen sehe, wie es Ihnen geht."

Linus hatte sich verändert. Sein Haar war wieder in ein dunkles Braun getaucht. Er trug ein weißes Hemd.

„Kommen Sie herein."

Als August die Wohnung betrat, staunte er über den Zustand. Alles war sauber und aufgeräumt. Es roch angenehm nach Flieder und einem Hauch Minze. Keine leeren Bierflaschen oder alte Pizzakartons.

„Ich bin beeindruckt", gab August zu.

„Danke, Herr Kommissar. Ich musste einen Weg finden, um neu anzufangen und mein altes Leben hinter mir zu lassen."

Linus versteckte seine Hände in den Hosentaschen, er zögerte, aber etwas brannte ihm auf der Seele.

„Sie haben Emilias Mörder?"

August wusste, dass er nichts über laufende Ermittlungen verraten durfte, doch seine Welt ist aus den Angeln gehoben worden.

„Ja, wir haben eine Verdächtige."

„Alle haben es mitbekommen, dass Kerstin Gruber verhaftet wurde. Hier in diesem Viertel bleibt nichts geheim und Sie kennen ja die Nachbarschaft."

„Das kenne ich nur zu gut, nur auf einem anderen Level."

„Warum hat sie es getan?", fragte Linus und war wieder den Tränen nahe.

„Ein uraltes Motiv, und zwar Eifersucht. Wussten Sie von dem Verhältnis?"

„Ja, ich wusste von allen Männern. Emilia hat die Männer magisch angezogen. Niemand konnte ihrem Charme widerstehen, genauso wie ich. Ich habe sie so sehr geliebt. Ich hätte alles für sie getan, hätte ihr die

Welt zu Füßen gelegt, aber ich konnte es nicht. Sie wollte mehr und das konnte ich ihr nicht bieten."

August nickte verständnisvoll.

„Ich verstehe, was Sie meinen. Meine Exfrau war sehr auf Konsum fixiert und dazu noch sehr oberflächlich", sagte August nachdenklich. In diesem Augenblick fragte er sich, was genau er an Luise geliebt hatte. Hatte er seine letzten Jahre verschwendet? War die Schuld, die er ihr gab, nur ein Vorwand, um sich weiter von ihr zu entfernen? Und plötzlich schoss es ihm in den Kopf. Seine Schwiegermutter hatte sich nicht mehr gemeldet. War Luise wiederaufgetaucht?

„Dürfte ich Ihr Bad benutzen?"

„Natürlich. Einfach den Flur runter und dann rechts."

August lief den Flur entlang. An der Wand hingen Bilder. Vermutlich Familienfotos. Das Bad war sauber. Linus hatte sich wirklich in den Griff bekommen und sein Leben neu geordnet.

Zurück im Flur betrachtete er die Bilder genauer. Einige waren bereits stark vergilbt. August erkannte Linus, wie er seine Schultüte in der Hand hielt und mit ein paar Zahnlücken in die Kamera strahlte. Er erinnerte sich an seine Einschulung und wie aufgeregt er damals gewesen war. Bilder rasten vor seinem geistigen Auge. Mit geschwellter Brust hatte sein Vater gefühlt hundert Fotos von ihm geschossen, bis August nur noch müde hatte lächeln können und ins Klassenzimmer hatte flüchten wollen. Von seiner fürsorglichen Mutter war er jeden Tag zur Schule begleitet worden und nach dem Unterricht hatte sie stets mit einem Lächeln am Zaun gestanden und auf ihn gewartet. Doch als August älter wurde, war es ihm zusehends peinlich, dass seine Mutter ihn täglich abholte. Die anderen Jungs zogen ihn regelrecht auf und schimpften ihn Muttersöhnchen. Und da stand der erste Verweis ins Haus. August hatte einem seiner Klassenkameraden einen Fausthieb in den Magen verpasst. Sein Vater war vor Stolz geplatzt, dass sich sein Sohn nichts gefallen ließ, aber seiner Mutter hatte es buchstäblich das Herz gebrochen.

Sein Blick wanderte über die Fotowand und blieb an einem Bild hängen: Linus mit einem Mädchen, das ihm eigenartigerweise vertraut war. Diese Augen. Er kannte diesen Blick doch ganz genau. Sie hatte dunkle Haare und trug eine Brille, die ihr offensichtlich zu groß und bereits einige Male repariert worden war. August war verwirrt und rief nach Linus.

„Linus? Würden Sie bitte zu mir kommen."

Linus eilte den Flur entlang.

„Sie betrachten meine Fotowand? Ich habe sie erst vor Kurzem aufgehängt, sonst wären sie in meiner Schublade nur verkommen."

„Wer ist dieses Mädchen?"

Linus blickte auf das Bild, auf das August zeigte.

„Das ist meine ältere Schwester Rosa."

„Sie kommt mir so bekannt vor. Ich kann mir das auch nicht erklären."

„Das ist eine lange Geschichte. Ich habe sie seit Jahren nicht mehr gesehen", sagte Linus mit einem Bedauern in seiner Stimme.

„Was ist passiert?"

„Rosa war psychisch krank. Sie war als Kind sehr aggressiv. Wenn etwas nicht so lief, wie sie es wollte, hat sie alles kurz und klein geschlagen. Meine Eltern konnten sie kaum bremsen. Ihre Wutausbrüche gingen so weit, dass sie sich selber den Schädel eingeschlagen hat. Rosa ist immer wieder gegen eine Hausmauer gelaufen. Immer und immer wieder. Es war schrecklich. Je älter sie wurde, umso schlimmer wurde es. In der Schule hat sie eine Mitschülerin so lange gewürgt, bis die bewusstlos geworden ist. Sie stellte für sich und andere eine Gefahr da. Immer wieder haben meine Eltern sie in eine Klinik gesteckt, aber das machte sie nur noch zorniger. Sie wurde mit Medikamenten ruhiggestellt. Dann saß sie nur noch apathisch auf einem Stuhl und rührte sich nicht mehr. Meine Eltern waren verzweifelt und wussten keinen Ausweg, also haben sie die Medikamente wieder abgesetzt. Eine Zeit lang ging das gut, aber dann hat sie einem der Nachbarkinder den Schädel mit einem Stein eingeschlagen. Da war sie 17. Der Junge hat überlebt, aber er war danach ein anderer. Er konnte nicht mehr richtig sprechen. Sie wurde in die Klapse gebracht. Man hat sie weggesperrt wie ein tollwütiges Tier. Wir haben sie immer wieder besucht, aber meine Eltern haben ihre eigene Tochter nicht mehr erkannt."

„Was ist mit ihr passiert?"

„Es ist mir wirklich unangenehm und ich schäme mich auch, aber wir haben sie einfach vergessen. Wir haben sie nicht mehr besucht und wir wissen nicht, was aus ihr geworden ist. Das letzte Mal, als ich sie besucht habe, war Emilia mit dabei. Es ist aber schon ein paar Jahre her."

August betrachtete das Bild noch einmal genauer. Woher kannte er diese Augen. In seinem Kopf ratterte es. Dann traf es ihn wie einen Donnerschlag. Es war

Lara. August war sich sicher. Diese Augen, es waren ihre. Obwohl sie auf dem Bild blau waren. Er versuchte, sich nichts anmerken zu lassen.

„Und Sie wissen nicht, wo sie jetzt ist?"

„Nein. Als ich sie das letzte Mal besuchen wollte, war Rosa nicht mehr in der Klinik. Es hieß, sie sei entlassen worden."

„Wissen Sie noch, in welcher Klinik sie damals untergebracht war?"

„Ich kann mich nicht mehr an den Namen erinnern, aber es war die in der Wilhelm-Epstein-Straße. Aber warum fragen Sie? Kennen Sie meine Schwester?"

„Ja, ich glaube, ich kenne sie. Denken Sie jetzt genau nach. Wusste ihre Schwester von ihren Problemen mit Emilia?"

„Ich habe ihr immer alles erzählt, aber sie saß einfach immer nur teilnahmslos vor mir und reagierte nicht. Deswegen haben wir sie nicht mehr besucht. Wir dachten alle, dass sie es sowieso nicht mehr merken würde. Aber warum fragen Sie mich das alles? Sie denken doch nicht etwa ..."

„Ich gehe der Sache nach."

Linus griff nach Augusts Arm.

„Bitte sagen Sie mir, was Sie jetzt vorhaben."

„Ich erkläre Ihnen alles, wenn ich mir ganz sicher bin."

Mit schnellen Schritten verließ August die Wohnung. Hatte er sich geirrt? Hatte er Kerstin Gruber zu Unrecht verhaftet? Er konnte nicht glauben, dass Rosa Opitz und Lara Mai ein und dieselbe Person waren. Lara arbeitete seit einem Jahr im Kommissariat und August war nie etwas Ungewöhnliches an ihr aufgefallen, außer, dass sie extrem für ihn geschwärmt hatte. In diesem Moment bereute er es noch mehr, mit ihr geschlafen zu haben. Dann fiel es ihm wie Schuppen von den Augen: Lara hatte Marla im Haus gesehen. August drückte aufs Gas, aber der Verkehr war um diese Zeit eine Katastrophe. August bog in die Wilhelm-Epstein-Straße ein. Der Komplex war gigantisch. Er stellte den Wagen ab, schaltete den Motor aus und hielt einen Moment inne, denn er wusste nicht, was ihn erwartete. Auf dem Weg zum ersten Gebäude tastete er nach seinem Dienstausweis. Eine gläserne Tür gab den Weg frei. Hinter dem Tresen saß eine junge Frau, die etwas in den Computer eintippte.

„Guten Tag."

Die Frau sah zu ihm auf, lächelte und zeigte dabei schneeweiße Zähne.

„Guten Tag. Wie kann ich Ihnen helfen?"

August zeigte seinen Ausweis vor.

„Kommissar August Lehmann. Ich brauche Informationen über eine Ihrer Patientinnen."

„Wie ist der Name?"

„Rosa Opitz."

Die junge Frau tippte den Namen in den Computer und blickte mit zusammengekniffenen Augen auf den Bildschirm.

„Da ist sie ja. Die Patientin wurde entlassen."

„Ich muss mit einem Arzt sprechen, der sie behandelt hat. Es ist wirklich wichtig."

„Einen Moment bitte."

Wieder tippte sie etwas in die Tastatur und griff danach zum Telefon.

„Doktor Horn? Hier ist ein Kommissar, der Sie dringend sprechen muss."

August zappelte ungeduldig.

„Er wird sofort herunterkommen", sagte sie mit einem Lächeln.

„Vielen Dank."

Unruhig lief August auf und ab. Es fiel ihm schwer, seine Gedanken zu ordnen. Was, wenn er wirklich recht behielt und Lara in Wirklichkeit Rosa Opitz war. Ein Mann im weißen Kittel kam auf ihn zu. Er trug eine Glatze und einen grau schimmernden Vollbart. Seine schwarzen Turnschuhe quietschten bei jedem Schritt und August konnte erkennen, dass er sein rechtes Bein leicht nachzog.

„Kommissar Lehmann? Ich bin Doktor Alfred Horn."

August ging ihm entgegen und reichte ihm die Hand.

„Guten Tag, Doktor Horn. Danke, dass Sie sich die Zeit nehmen."

„Was kann ich für Sie tun?"

„Es geht um eine ehemalige Patientin. Rosa Opitz."

Als August den Namen nannte, verfinsterten sich Horns Gesichtszüge.

„Wir sollten in mein Büro gehen", sagte er matt.

Auf dem Weg dorthin schwiegen sie. Horn öffnete die Tür und deutete auf einen Stuhl. Er setzte sich August gegenüber und legte seine gefalteten Hände auf den Tisch.

„Ich brauche dringend Informationen über Rosa Opitz."

„Rosa wurde vor ein paar Jahren bei uns eingeliefert. Sie trug ein hohes Maß an Gewalttätigkeit in sich. Immer wieder hat sie andere Patienten angegriffen und wir mussten sie isolieren. Eine Therapie war unmöglich, sie hat oft wochenlang kein Wort gesprochen. Sie war eine impulsive Soziopathin. Völlig unberechenbar. Ich muss ehrlich zugeben, dass ich mich vor ihr gefürchtet habe."

„Warum wurde sie dann entlassen?"

„Im letzten Jahr hat sie sich verändert. Sie wurde ruhiger und sozialer. Nach einer Untersuchung wurde festgestellt, dass sie keine Gefahr für sich oder andere darstellte."

August stieß ein verächtliches Schnauben aus.

„Haben Sie keinen Moment daran gedacht, dass Rosa Ihnen etwas vorgespielt hat?"

Horn nickte.

„Natürlich, aber drei verschiedene Gutachter kamen zum selben Ergebnis. Ich habe es bezweifelt, weil ich sie jahrelang auf meiner Station hatte. Warum sind Sie hier, Herr Kommissar?

„Ich denke, dass sie eine Mörderin ist."

Horn schluckte und rückte mit zitternden Händen seine Brille zurecht.

„Sie ist ein wahnsinniges Genie. Sie hat ihren Namen geändert und arbeitet im Kommissariat als Sekretärin. Rosa, oder Lara, wie sie sich jetzt nennt, hat ihr Aussehen verändert. Ich denke, dass sie mindestens zwei Menschen ermordet hat."

Horn ballte eine Faust und schlug auf den Tisch ein.

„Ich wusste es. Ich habe es immer gewusst. Wo ist sie jetzt?"

„Ich bin mir nicht sicher, aber ich werde sie suchen. Ich muss jetzt gehen. Ich muss sie finden, damit sie niemandem mehr etwas antun kann."

Horn reichte ihm die Hand.

„Finden Sie Rosa!"

Augusts Blut pulsierte durch seine Adern und das Adrenalin, das durch seinen Körper schoss, trieb ihn an. Er fasste an seine Hüfte und er erinnerte sich gleich darauf, dass er seine Dienstwaffe nicht bei sich trug. Unmöglich konnte er jetzt ins Büro. Dort würde er auf Sommer treffen. Er war der letzte Mensch, dem er begegnen wollte. August musste zurück in sein Haus, auch wenn es der letzte Ort war, an den er zurückkehren wollte. Als August in die Siedlung einbog, überkam ihn eine Eiseskälte und sämtliche Haare auf seinem Körper richteten sich auf. Je näher er seinem Heim kam, umso mehr sträubte sich alles in ihm. August bremste, stieg aus und sah zu Frau Albrechts Haus. Wie angewurzelt verharrte er in dieser Stellung und wie er es erwartet hatte, bewegten sich die Jalousien. Auf seine Nachbarin war immer Verlass. August winkte sie zu sich, doch anders als sonst, kam sie nur schleichend auf ihn zu. Sie war sichtlich ängstlich, beinahe traumatisiert. Sie lächelte gequält und wagte es nicht, näher zu kommen. August ging auf sie zu.

„Hallo, Frau Albrecht. Wie geht es Ihnen?", fragte er vorsichtig und plötzlich brach die alte Dame in Tränen aus. August hatte sie noch nie besonders gut leiden können, aber in diesem Moment empfand er tiefes Mitleid. Sie hatte grausame Dinge gesehen. Behutsam tätschelte er ihre Schulter.

„Entschuldigen Sie bitte, Herr Lehmann, aber ich kann das, was ich sehen musste, einfach nicht vergessen", schniefte sie.

„Das verstehe ich."

„Ach, was rede ich. Für Sie muss es noch viel schlimmer gewesen sein. Es war Ihre Freundin, nicht wahr?"

„Ja, das war sie."

„Haben Sie den Mörder schon gefasst?"

„Nein, aber das werde ich."

„Was geschieht jetzt mit dem Haus."

August drehte sich um und starrte auf den Ort des Verbrechens. Von seinem Elternhaus blieben nur fürchterliche Erinnerungen übrig. All die guten Dinge, die einst im Inneren geschehen waren, wurden vom Bösen verschluckt.

„Ich würde es am liebsten abreißen lassen. Niemand wird es kaufen wollen und ich möchte nicht, dass unsere Nachbarn diesen Schandfleck jeden Tag sehen müssen und daran erinnert werden."

„Aber es ist Ihr Elternhaus."

„Möchten Sie es jeden Tag sehen?"

Sie schüttelte den Kopf.

„Nein. Ich habe seitdem Albträume. Was haben Sie jetzt vor?"

„Ich muss ins Haus. Ich habe etwas Wichtiges zu erledigen. Ich komme wieder, Frau Albrecht, und werde mich um alles kümmern."

Er ließ die alte Dame zurück und betrat das Haus. Eine Kälte, die an den Tod erinnerte, durchdrang das Haus. Das Leben war aus diesem Gemäuer gewichen. August wollte keinen Moment länger bleiben als nötig. Er rannte die Treppe hinauf und stürmte ins Schlafzimmer. Hinter einem der Bilder war der Safe versteckt. Mit der Kälte im Nacken und zittrigen Fingern öffnete er ihn, griff nach der Waffe und lief wieder nach unten. Abrupt blieb er stehen. Ein Flüstern drang in sein Ohr.

Es klang wie ein Hilferuf von weit entfernt. Wieder stellten sich sämtlich Haare auf und August verließ fluchtartig das Haus. Er wusste, wo Lara wohnte. Bei schlechtem Wetter hatte er sie immer nach Hause gebracht, damit sie nicht nass wurde. August hatte sich keinen Plan ausgemalt. Er wusste nur, dass er sich ahnungslos geben musste, um sie nicht misstrauisch zu machen. Sie durfte keinen Verdacht schöpfen.

Es begann zu dämmern, als er langsam in die Straße einbog. Von Weitem sah er das Haus, in dem Licht brannte. Ein paar Meter entfernt stellte er den Wagen ab. Eine kalte Brise zog durch die Bäume und das Rascheln klang gespenstisch. Alles wirkte surreal. Wie hatte es Lara geschafft, ein fremdes Leben zu führen? August näherte sich und stand nun vor ihrer Tür. Aus dem Inneren drang eine Melodie und er fühlte sich, als ob jemand seine Kehle mit einem kräftigen Druck in seinen Krallen hätte. Es war die Mondscheinsonate, gespielt auf einem Flügel, aber die Melodie wurde immer wieder von einem fehlenden Ton unterbrochen. Eine Saite schien zu fehlen. August streckte die Hand aus, um zu klingeln. Das Adrenalin ließ ihn taumeln. Er musste jetzt konzentriert bleiben. Ein Fehler und er würde sein Leben lassen. Wenn er Lara in die Enge treiben würde, dann wäre sein Leben beendet. Die Klingel ertönte mit einem Vogelgezwitscher. Das Spiel auf dem Klavier wurde unterbrochen. Lara öffnete die Tür und ihm stockte beinahe der Atem.

„August“, sagte sie überrascht.

„Hallo, Lara. Ich muss mit dir sprechen“, erwiderte er und versuchte das Zittern in seiner Stimme zu beherrschen.

„Schön, dass du mich besuchst. Es kommt nur etwas unerwartet. Du warst noch nie in meinem Haus."

„Genau deswegen bin ich hier", sagte er und versuchte dabei aufrichtig zu lächeln.

„Bitte komm herein. Ich spiele gerade auf meinem Flügel."

August übertrat die Schwelle. Ein kleiner, schmaler Flur, der mit weißem Marmor ausgelegt war. Lara ging voraus und führte August ins Wohnzimmer. Die Einrichtung schien August doch sehr kostspielig und ihn beschlich ein ungutes Gefühl. Lara setzte sich wieder an den Flügel und spielte erneut die Mondscheinsonate. Jeder Ton ging ihm durch Mark und Bein. Bei dieser Melodie hatte Marla einen grausamen Tod erleiden müssen. Mit eisiger Miene spielte Lara unbeirrt weiter, obwohl ein Ton immer wieder fehlte.

„Warum bist du wirklich hier?", fragte sie mit gefühlloser Stimme und würdigte ihn dabei keines Blickes.

„Ich wollte dich einfach besuchen. Ist das verboten?"

„Ich erinnere mich an unsere letzten Begegnungen und die waren doch recht unterkühlt."

August überprüfte den Sitz seiner Waffe, er war auf alles gefasst.

„Ich weiß und es tut mir auch leid. Ich wollte dich nicht verletzen und schon gar nicht mies behandeln, nachdem wir miteinander geschlafen haben."

Abrupt beendete Lara ihr Spiel und knallte den Deckel zu. Ihm war klar, dass es nicht mehr lange dauern würde. Er musste sie weiter provozieren, um ihr wahres Ich zum Vorschein zu bringen.

„Ja, das stimmt. Du hast mich schlecht behandelt, hast mich abgeschoben und mich angebrüllt und dabei liebe ich dich doch.“

„Ich hätte es früher bemerken müssen. Ich habe die Situation ausgenutzt, das hätte nicht passieren dürfen.“

Lara kam auf ihn zu, biss sich verführerisch auf die Lippe. Je näher sie kam, desto mehr stieg in August eine unbändige Wut auf. Er sah Marla vor sich, wie sie in ihrem eigenen Blut lag. Ihr ausgeweideter Körper, die Gewalt, die sie erfahren musste. Ihr gespaltenes Gesicht, verursacht durch eine Klaviersaite, und zwar die, die in dem Flügel fehlte. Lara berührte mit ihren langen Fingernägeln seinen Hals. August presste seine Kiefer zusammen. Jede ihrer Berührungen löste in ihm eine Abscheu aus. Lara näherte sich seinen Lippen und er wich angewidert zurück. August ertrug es nicht mehr und stieß sie grob von sich weg.

„Fass mich nicht an!“.

„Aber was ist denn mit dir? Deswegen bist du doch gekommen, oder etwa nicht?“

August fletschte die Zähne wie ein wildes Tier, das auf einen Angriff aus war.

„Du bist eine Irre, du hast vollkommen den Verstand verloren!“

Tote, leblose Augen starrten ihn an.

„Du bist nicht Lara Mai. Du bist Rosa Opitz“, sagte August überzeugt. Schallendes Gelächter donnerte durch den Raum.

„Du hast Emilia und Marla getötet. Gib es einfach zu“, brüllte August.

„Du bist wirklich ein guter Polizist, das hatte ich doch beinahe vergessen. Wie hast du es herausgefunden?“

„Dein Bruder Linus. Er hatte Bilder von dir an der Wand. Es hat etwas gedauert, aber ich habe dich erkannt."

„Dieser Schwachkopf. Er hat mich einfach vergessen, alle haben mich vergessen und in dieser Klapse verrotten lassen."

„Warum hast du das getan? Warum hast du zwei unschuldige Frauen ermordet."

„Das fragst du mich wirklich?", kreischte Lara.

„Ja, ich will es wissen."

„Diese Hure Emilia hat meinem Bruder das Herz gebrochen. Er hat es mir erzählt. Er dachte, dass ich es nicht hören konnte, aber ich habe mir jedes einzelne Wort gemerkt. Dieses widerwärtige Miststück hat es nicht anders verdient. Es hat mir so viel Freude bereitet, ihr den Schädel zu zertrümmern. Das Leben kehrte in diesem Moment in meinen Körper zurück."

August kannte die Antwort bereits, aber er wollte es aus Laras Mund hören.

„Warum Marla?"

Lara ballte ihre Fäuste und hämmerte auf ihren Kopf ein. Sie war dem Wahnsinn näher als dem Leben.

„Du hast diese Hure in dein Haus geholt. Es hat mein Herz zerrissen, als ich sie nackt auf der Treppe gesehen habe. Wie konntest du mir das nur antun? Ich habe dich immer geliebt, aber du hast lieber dieses verkommene Individuum gefickt als mich."

„Wie hast du es geschafft, deinen Namen zu ändern?"

„Wer sagt, dass ich meinen Namen geändert habe?"

August hegte einen schlimmen Verdacht: Sie hatte sich das Leben einer lebendigen Frau gestohlen und sie aus dem Weg geräumt.

„Du bist wirklich schlau. Das hätte ich dir bei deiner Geisteskrankheit nicht zugetraut. Wie ist es dir gelungen, den Verdacht auf Kerstin Gruber zu lenken?“

Wieder hämmerte sie auf ihren Schädel ein.

„Ich bin nicht geisteskrank, ich bin nicht geisteskrank“, schrie sie immer wieder und wie aus dem Nichts lächelte sie unschuldig.

„Ich kenne diese Menschen. Ich kenne jedes ihrer Geheimnisse. Ich bin in diesem Drecksloch aufgewachsen. Ich wusste schon vorher, dass Kerstin sich durch die ganze Nachbarschaft gevögelt hatte. Den Verdacht auf diese dumme Kuh zu lenken, war ein Leichtes. Es fehlten nur zwei Dinge. Der Stimmenverzerrer und die Spitzhacke. Beides habe ich in der Garage deponiert. Ich wusste, dass die Kinder sich das Ding schnappen würden. Ich dachte nicht wirklich daran, dass du sie festnagelst. Es war einfach unmöglich, aber wie gesagt, du bist ein guter Polizist. Oder es war einfach eine glückliche Fügung? Und dann dieser dumme Freier. Er war so eingeschüchtert und so ängstlich, dass er einfach seine Lieblingshure ans Messer geliefert hat.“

„Du hast wirklich viel gelernt und das in so kurzer Zeit.“

Lara tippte sich mit dem Finger an den Kopf.

„Da drin ist mehr, als du denkst. Jetzt ist Schluss mit den Geständnissen. Du weißt, dass ich dich nicht am Leben lassen kann.“

Lara hechtete auf ihn zu, doch August reagierte blitzschnell und zog seine Waffe. Ein Schuss löste sich. Lara krachte zu Boden. Sie riss die Augen auf und realisierte im ersten Moment nicht, dass die Kugel ihren Bauch getroffen hatte. Ihre Augen wanderten an ihrem Körper herunter, sie keuchte und ihre Augen füllten sich mit Tränen. Sie versuchte, nach August zu greifen. Er verabscheute sie für das, was sie getan hatte, dennoch nahm er ihre Hand und kniete sich neben sie. Das Blut lief aus ihrem Mund.

„Ich habe dich immer geliebt. Bitte vergiss das nicht. Wir hätten so glücklich werden können", ächzte sie. Dann erschlaffte ihr Körper. Ihre toten Augen starrten August an. Er ließ ihre leblose Hand los und plötzlich drang etwas an sein Ohr. Es war ein verzweifeltes Klagen. August legte die Waffe an und näherte sich einer Tür im hinteren Bereich des Hauses. Dann war es ganz deutlich. Es war ein Hilfeschrei. Die Tür war verschlossen und er trat mit voller Kraft dagegen. Es brauchte rohe Gewalt, ehe die Tür aus den Angeln sprang.

„Hilfe", drang es schwach von unten. August suchte nach dem Lichtschalter und tastete im Finsteren die Wand ab. Nach endlosen Sekunden wurde es hell. Er stand vor einer Treppe, die er langsam, mit der Waffe im Anschlag, herunterging.

„Ist da unten jemand?"

„Ich bin hier", klang es vertraut. August kannte diese Stimme. Es war Luise. Mit klopfenden Herzen stürzte August die restlichen Stufen herunter. An den Händen gefesselt, hockte Luise am Boden. Sie lag in ihrem eigenen Urin und Kot. Sie war bis auf die Knochen abgemagert. Als sie August sah, brach sie in erlösende Tränen aus.

„Oh mein Gott", rief August schockiert. Er befreite Luise von den Fesseln. Jegliche Kraft hatte ihren Körper verlassen, sie war nicht in der Lage, August zu berühren.

„Du hast mich gefunden", sagte sie vollkommen geschwächt.

August sah sich um. Luise brauchte dringend Flüssigkeit.

„Ich bin gleich zurück."

„Bitte geh nicht", flehte sie mit einer Todesangst in ihrer Stimme.

„Es ist vorbei. Du bist in Sicherheit."

Luise rührte sich nicht, ehe August wieder bei ihr war. Hastig leerte sie die Flasche Wasser. Dann deutete sie mit dem Finger vor sich. August drehte sich zur anderen Wand und was er sah, erschütterte ihn zutiefst. Eine bereits verweste Leiche lag da. August war sich sicher, dass das die wahre Lara Mai war.

„Was ist passiert? Wie bist du hierhergekommen?"

„Ich war es. Ich habe Lara auf dem Parkplatz abgefangen und sie zusammengeschlagen. Ich war so sauer auf dich. Nach der Beerdigung deines Bruders war sie auch im Haus. Du bist nach oben gegangen und Lara ist dir gefolgt. Ich war rasend vor Eifersucht und bin euch nach. Ich habe euch gehört. Ich habe gehört, wie ihr miteinander geschlafen habt. Du hast keine Ahnung, wie sehr mich das verletzt hat. Ich habe sie auf dem Parkplatz vor dem Kommissariat abgefangen. Ich habe wie von Sinnen auf sie eingeschlagen. Ein paar Tage später war ich einkaufen. Es war schon dunkel. Ich wurde von hinten niedergeschlagen. Als ich wieder zu mir kam, war ich in diesem Keller. Sie hat mich wochenlang hier gefangen gehalten. Wenn du mich nicht gefunden hättest, dann wäre ich hier unten verhungert. Lara hat mir gerade so viel zu essen und trinken gegeben, damit ich nur langsam sterbe."

August nahm Luise in den Arm und sie schluchzte.

„Ich habe dich gefunden und dir wird nichts mehr geschehen, das verspreche ich dir. Ich rufe den Krankenwagen."

Er trug sie nach oben. Ihre Beine waren zu schwach, sie konnte kaum stehen. Als Luise Lara am Boden liegen sah, formte sich ihr Mund zu einem schadenfrohen Grinsen. Wochenlang war sie ihrer Gewalt ausgesetzt gewesen. Sie jetzt tot am Boden liegen zu sehen, verschaffte ihr Genugtuung. August rief seine Kollegen und den Krankenwagen.

Friedrich war unter den Kollegen, die das Haus stürmten. Niemand wusste, was sie hier erwarten würde. Friedrichs Blick blieb auf Laras leblosem Körper haften. Seine Lippen bewegten sich, aber kein einziges Wort drang nach außen. August zog Friedrich zur Seite, der immer noch fassungslos war.

„Sie war es. Sie war es die ganze Zeit."

„Wovon zum Teufel redest du da? Das ist Lara, unsere Sekretärin. Warum hast du sie erschossen?"

„Ihr Name ist Rosa Opitz."

Mit offenem Mund starrte er August an.

„Rosa Opitz. Dann ist sie mit Linus Opitz verwandt?"

„Er ist ihr Bruder. Ich war noch einmal bei ihm und da ist mir ein Bild aufgefallen. Sie sah anders aus, aber ihre Augen waren dieselben. Opitz hat mir alles über sie erzählt. Sie war eine Soziopathin, völlig durchgeknallt. Rosa hat jahrelang in einer Psychiatrie gesessen. Sie wusste von Emilia und was sie ihrem Bruder angetan hatte."

„Aber warum war deine Frau in ihrem Haus?"

„Das erzähle ich dir später. Ich begleite Luise ins Krankenhaus."

„Ja, gut. Bleib bei deiner Frau."

KAPITEL 17

Mit einem mulmigen Gefühl im Bauch schaute August auf das Kommissariat. Er atmete tief durch, doch alles in ihm hielt ihn zurück. Wollte er weiterhin ein Polizist sein, nach alledem, was geschehen war? Nur widerwillig stieg er die Treppe hinauf. Alles hatte sich verändert, nichts war wie zuvor. Oben angekommen hörte er das Klappern von Laras High Heels. Ruckartig drehte er sich um und schreckte auf. Nichts. Das Geräusch existierte nur noch in seinem Kopf. Er erreichte Sommers Büro. Zu seiner Verwunderung war es leer.

„Er ist gegangen."

August zuckte zusammen. Er hatte nicht bemerkt, dass Friedrich neben ihm stand.

„Warum?"

„Ich habe ihm nahegelegt, dass er gehen sollte, bevor alles ans Tageslicht kommen würde. Er ging, ohne auch nur ein Wort der Rechtfertigung."

„Gut."

„Ich habe etwas über die wahre Lara Mai herausgefunden. Sie war sehr vermögend, aber völlig allein. Sie hatte niemanden und wenn ich das sage, dann meine ich es auch so. Niemand hat sie vermisst. Ich habe ein Bild von ihr. Es ist aus ihrem Haus."

August nahm das Bild an sich. Die Ähnlichkeit war verblüffend. August bedauerte es, dass die unschuldige Frau einer Soziopathin zum Opfer gefallen war.

„Was hast du jetzt vor? Bleibst du bei uns?"

August lächelte.

„Ja, ich bleibe. Ich kann dich alten Haudegen doch nicht allein lassen."

Zaghaft klopfte August an die Tür.

„Ja", drang es schwach auf die andere Seite. August trat ein. Luise strahlte, als sie August sah.

„Wie schön, dass du gekommen bist."

August nahm sich einen Stuhl und setzte sich an ihr Bett.

„Du siehst schon besser aus. Hast ein bisschen mehr Farbe."

„Es geht mir auch besser. Du bist mein Held. Du hast mich gerettet. Ohne dich wäre ich da unten in diesem Verlies gestorben."

August nahm ihre Hand.

„Denk nicht mehr daran. Du bist in Sicherheit."

„August. Ich weiß, dass vieles passiert ist, aber haben wir beide eine Zukunft?"

August holte tief Luft. Wieder tanzten die Bilder von Marla vor seinem geistigen Auge. Er konnte sie einfach nicht verdrängen.

„Du hast immer einen Platz in meinem Herzen, aber ich muss dir sagen, dass es für uns keine Zukunft gibt. Nach alledem kann ich mein Herz nicht öffnen, aber ich werde immer für dich da sein."

Sanft küsste er Luises Stirn.

August nahm sich eine lange Auszeit, um wieder zu sich zu finden, um all die Ereignisse zu verarbeiten, aber er beschloss, weiterhin ein Kommissar der Mordkommission zu bleiben.

Sein Telefon klingelte.

„August? Ich bin es Friedrich. Es gibt einen neuen Fall.“

Er stieg in den Wagen, schaltete das Radio ein und ließ das Fenster herunter. Er lauschte den Klängen von *Fink* mit dem Titel *Looking to Closely.*

ENDE